U0027643

在 我 們
忘 記 之 前

♀

book of Her Story ｜ 阮珮琪

Middle —————— 著

在　我　們
忘　記　之　前

序

常常，我們在短訊裡，
與對方有過許多快樂的對話，
一同交換了多少早安、晚安、問好與關心，
但到最後你還是無法確定，
在那些文字與笑臉裡，其實真有過多少喜歡。

常常，我們在臉書裡，
寫下多少似是日記的段落，
想要讓某人明白自己的心情，
但最後始終得不到半點關注或回應，
然後那些認真，被更多的文字與分享所掩蓋沖淡。

常常，我們都會期盼，
可以與對方繼續見面、說話、走得更近，
但對方又會忽然斷絕往來、已讀不回，
明明昨天還說最喜歡你的笑臉，
這天他卻寧願與別人談笑、之後都沒有再回來。

常常，我們都會亂想，
以後不要再想、不再見面、不會再心軟，
但有多少夜深，自己還是會想得太多，
又有多少次，因為收到對方的一個短訊或來電，
結果讓自己又再變得不能自拔。

常常，我們都會希望，
有天可以與對方真正心意互通，
但我們試過努力溝通，用過許多文字與笑臉，
盼能夠向對方表達自己的想法與感受，
可惜沒能得到對方的明白，有時甚至反而換來更多的誤解。

常常，我們都會後悔，
如果當時自己有踏前一步、勇敢一點，
个那麼執著或幼稚，最後的結局是否就會不再一樣，
只是自己的勇氣、決心與初衷，
卻又在不斷的猶豫後悔中，變得愈來愈小。

常常，我們想要忘記，
但多少夜深，我們一邊如此許願，
一邊看著手機或臉書，一直滑一直滑，
最後沒有忘記多少，
反而更加懷念曾經有過的那些笑臉。

常常，我們想要祝福，
希望對方這天會更開心、幸福，
希望自己可以放開對方、放過自己，
但最後還是沖淡不了自己內心的盼望，
你學得懂不要再勉強追求，卻始終學不到如何放棄。

常常，我們自以為了解，
但原來只是自己太過先入為主、鑽牛角尖，
然後又總會在錯失後才恍然大悟，但是已經不可再追。

常常，我們自以為看淡，
但淡到盡處，你還是一樣會介意，
只是你不會表現出來、愈來愈懂得對人裝作淡然而已。

常常，我們會舊地重遊，
為的不是要再遇到許久不見的某人，
而是希望找回自己失落了的快樂、單純與勇氣。

常常，我們會突然安靜，
不是因為傷口還在隱隱作痛，
而是想起，原來自己已經很久沒有想起某人，

原來，自己還是沒有真正忘記。

《在我們忘記之前》，
是一個關於簡志民與阮珮琪的故事。
他與她，由原本不認識、不相熟，
然後漸漸變得相知相交、相親相近，
不完全明白了解對方，
但會思念、關心、相信彼此，
又會為對方執著、苦笑、不忿、想得太多。
在尚未一起的世界裡，
用自己的角度，
努力去學習、成長、與對方靠近；
用自己的智慧，
嘗試去看開、放下、讓自己忘記……
就像平常人都曾有過的故事。
但我還是希望能夠藉著他們的故事及這種方式，
來寫下大家曾有過的心情、煩惱、未成熟以及不安。
兩個人交往，最理想是可以面對面交心，
將自己有過的幼稚與亂想，盡付笑談中；
然而事實上未必有太多人可以如此幸運，
往往只能獨自看回以前的臉書與短訊，
在一年前的對話中找到對方的笑臉、尋回勇氣，
卻又在兩年前的相片裡迷失於對方的心意、想得更多，
然後，又想念了多一遍、再多一遍，
都不能得到對方確認的答案，
都未可明白對方有過的心事……

你也曾經試過這樣嗎？
希望他與她的這個故事，
能夠為你解答某些還藏在心裡的問號，
在哪天忘記之前，陪你再一起尋找失落的勇氣。

Middle

Her Story

阮 珮 琪

9 月 10 日　星期一

偶爾會想，
自己為什麼還要堅持下去。

一次又一次將自己的底線放下，
委屈、麻木、冷淡、生氣、妥協、委屈⋯⋯
一直重複循環，但換得的未必值得珍惜，
卻累積更多矛盾與疲累，
再無法與對方好好對話、思考，
也失去笑與哭的情緒。
他真的有在乎我嗎？
他真的會願意改正嗎？
他真的打算繼續一起嗎？
他真的喜歡我嗎⋯⋯
這些問題，旁人也許會覺得幼稚，
但卻反覆在我的生活裡徘徊、衝突，
偶爾會好像出現一個答案，叫自己不要再想，
偶爾又會出現更難解的結，
將之前的自我安慰都全部推翻⋯⋯

已經很累。
但如果不再堅持，又真的會捨得嗎。

9 月 14 日　星期五

下班的時候，子杰問我，
明天晚上去不去 KTV，順便補祝同事的生日。
我說不去了，想在家裡休息。
他說去玩也可以是休息的一種。
最後我推辭不了，答應了他的邀請。

回到家裡，阿風還是沒有回來。
已經十點了。
這一年，他經常很晚才回家，
有時是我睡著了才回來，
有時我都不知道他有沒有回來過，
當我醒來，都已經不見他在身邊。
他很忙，我知道。

但有些感受，不是知道得更多就可以平息。

9月15日　星期六

晚上去了KTV，見到舊同事阿四。
正確來説我們沒有一起共事過，
我在他離職之後才加入公司，
曾經我被大家説笑我是他的傳人，
因為他的花名是阿四，而我的花名是阿十，
但我可不想像他這樣做一個「阿四」、
被公司所有人任意使喚，
只是後來我還是被派去接收他的工作、桌子還有電腦。

他的電腦有點特別。
除了工作的檔案，還有著很多特別的插畫，
沒有文字，灰灰藍藍的色調，
卻好像在訴説著某些情感，
那種風格與他給人的印象並不太相似。
認識他不深，因為他通常都不會怎麼主動和人説話，
就好像在KTV包廂中，大家都在唱歌玩耍，
而他就只是坐在一旁靜靜看著……

「很悶嗎？」

我忍不住問他，他搖頭，望向電視螢幕，似乎不想説話。

只是我忽然又想起了一些事情，於是又問：

「你是在 8 月 20 日生日嗎？」
「咦，你為什麼會知道？」他立即反問。
「和朋友慶祝生日，知道對方的生日日期，是基本禮儀呀。」

我會猜到，是因為他的插畫右下角總是會有他的署名「man820」。

「哦，是嗎，謝謝你知道。」
「不過也不好意思，過了這麼久才和你慶祝。」
「其實沒關係，大家有心就好。」
「不如這樣吧。」我想了一想，看著他大聲笑說：「生日快樂！」
「……剛才不是說了嗎？為什麼忽然又說生日快樂？」
「這是為下一年而說的呀。」
「下一年？」
「現在我就是第一個和明年的你說生日快樂的人了。」

然後他就一臉無奈的表情，
讓我有點不知道該如何接話下去。
這時手機卻響了起來，是阿風的來電。

「你在哪裡？」他這樣問。
「和朋友在唱 KTV。」
「哦。」
「有事嗎？」我問他。
「沒事了，今晚我不回來睡。」
「哦。」
「拜拜。」
「拜拜。」

原本好一點的心情，又轉瞬降至谷底。

9月16日　星期日

子杰在臉書問我，
有沒有空將昨晚 KTV 的相片放上臉書。

今天是假期，但我沒街可逛，
於是我說，有空。

他說了一句「這麼慘」後，
就要著我上傳相片，又提醒我記得 tag 回他。

結果我就在電腦前弄相片弄了一整晚。
餓了，就煮了麵來吃，
最後弄到十點，洗完澡，
吹乾頭髮，他才回來。

「還沒睡嗎？」
「沒呀，剛剛在上傳昨晚生日 party 的相片到臉書。」

原本我是打算說：「沒呀，等你回來。」

「那快點睡吧。」
說完，他就拿了衣服，
到浴室裡洗澡。

我坐在床上，靜靜地等著。
他洗完澡出來，就坐在書桌前上網，
我依然坐著不動，他依然坐著不動。
最後我等得累了，忍不住睡在床上。
之後他有上床嗎？我卻沒有半點察覺。

9月18日　星期二

因為要將相片 tag 回所有人，
於是我問了子杰，加了阿四的臉書。

想不到的是，他的臉書名字也是叫「阿四」，
沒有其他名稱。
他的臉書常常都會貼自己畫的插畫。
跟之前在電腦看到的一樣，都是灰灰藍藍的；
每幅都有幾十個讚好，全部都是他的朋友。
他的畫未必會得到很多人的喜歡，
但是我想，卻會觸動某類人的心吧。
其中一幅，是畫了一個人坐在床上，
看著滿天的繁星。
很想讚好這一幅畫，但最後還是沒有，
不知何時開始變得，連去按讚表達一下心情，
也會有太多顧慮。

9月19日　星期三

//
我：喂，有看到我 tag 你的相片嗎？　^_^
四：是，有呀，什麼事？
我：沒什麼　^_^
四：謝謝你拍下相片
我：^_^
四：什麼事呢？
//

其實原本我是不打算再說下去，
但看到他仍然問「什麼事呢」，
忽然讓我覺得，
他似乎明白我用「^_^」這個表情的意思……

//
我：那為什麼你沒有按讚呀
四：原來要按讚嗎？ 　@@
我：互相讚好才是真正友好的表現呀
四：不是請對方吃飯才是真正友好的表現嗎？
我：XDDDDDDDD
//

「你笑什麼呢？」
阿風這時忽然問我。
我呆了一下，因為看到阿四的回答，我真的笑出聲來了。
「沒什麼呀。只是看到朋友分享的無聊相片。」
「哦。」
然後，他沒有再理我了。
我再看回臉書，阿四竟然連續按讚了所有相片，
結果我總共收到他 34 個按讚通知……

哈哈哈。

9 月 21 日　　星期五

明天是和他的六周年紀念日。
問他，我們會慶祝嗎？
他只是看看我，不說話。
明天他有假期嗎，我也不清楚。
如果沒有假期，也許又要像去年一樣，
在家裡一個人自己度過。

最近開始想養貓。
有貓相伴，至少不會那麼寂寞？
而且，他也很喜歡貓。
記得以前在街上見到浪浪，

他都會立即拿出手機來幫牠們拍照，
比我還要關心興奮。
只是喜歡歸喜歡，我們始終沒有養過貓。
以前是經濟原因不容許養，
現在呢……
我都不再知道，他是不是還像以前一樣，
那般喜歡貓。

9 月 22 日　星期六

───────────────────────

還好，他這天放假，
和我一起去看電影，吃一餐簡單的晚飯。

還好。

謝謝你。

9 月 23 日　星期日
───────────────────────
//
我：昨天你找我？
四：是呀
我：有事嗎？　^^
四：沒事　=)
我：是嗎……
我：昨天我在看電影呢，抱歉之後忘了回覆
四：原來如此
四：電影好看嗎？　=)
我：好看　^^
四：那就好　=)
我：嗯　^_^
//

看著這段訊息，
總覺得，他的「=)」與我的「^_^」一樣，
都是口不對心時才會用的表情……

是我敏感吧。

9月25日　星期二

//
我：今晚一起吃飯嗎？
風：今晚要見客
我：哦
我：那我煮消夜等你回來？
//

之後，就沒有回覆了。

那煮還是不煮？

煮吧。

下班後，在街市買了紅豆，
煮他喜歡的紅豆湯。
回到家，找鍋子去弄，
見到鍋子上有點微塵，
想想，已經有多久沒有煮食呢？
最初搬進來這個家，
他囑我要多煮點飯給他吃，
於是我們一起買了很多廚具，
大大小小的，實用與不實用的；
之後煮過很多，梅子排骨、羅宋湯、醉雞湯飯、
濃湯公仔麵、椒鹽雞翅、燉蛋、烤巧克力蛋糕、
榨菜豬肉、紅豆湯……

曾經我們就在餐桌上，
我追問他對我的評分，
他取笑我的廚藝未精。
漸漸，我懂得煮的東西多了，
他卻開始少了回來吃飯。
上一次下廚、一起吃飯，
已經是五月他生日的時候。

十一點，他回來了。
我跟他說煮了紅豆湯，
他默默望了我一眼，然後說：
「對不起，我忘了你說會煮宵夜。」
我微笑一下，搖搖頭，
其實不知道自己想表達什麼意思，
只是他已經轉過身，到臥房去了……

原來那句「對不起」，是表示他不會吃的意思。

9 月 28 日　星期五

這兩天，他都沒有回來睡。

也許，是留在公司裡工作。
也許，是回去了他媽媽那裡過夜。
也許，是和朋友去了酒吧看足球比賽。
也許……

其實他以為家裡沒有人在等他回來。

9月29日　星期六

有多少次，
他沒有回覆你的短訊，
然後讓你沒有了自己。

又有多少次，
他不讀不回你的晚安，
然後讓你失眠到天亮。

10月1日　星期一

在臉書看見阿四貼了一幅畫。
那是一幅一個人舉起手機，對天上發出訊號，
天上的星星住著很多人，也都拿著手機，
只是沒有一個人接收到他的訊號。

//
我：為什麼會畫這一幅畫？
四：沒什麼，只是有感而發　=)
我：真的嗎？
四：為什麼這樣問？
我：沒什麼，只是很喜歡　=)
四：謝謝你的喜歡　=)
我：我也看了你相簿裡的其他插畫
四：是嗎？
四：有沒有哪幅比較喜歡？
我：唔……你個人檔案的那一幅
四：日落那一張？
我：是呀
四：為什麼你會覺得那是一幅畫？　@@
我：不知道為什麼，就是喜歡　=)

四：很少人發現那是一幅畫來呢，以為是相機拍的照片
我：哈哈，怎會沒發現呢
我：又或者是你畫得太好吧　^^
四：哈，多謝你稱讚
四：你吃飯了沒有？
我：我不餓　^^
四：不餓，但也要吃呀
我：沒心情吃　:p
四：減肥嗎？　@@
我：我很肥嗎？　T__T
四：不，只是不吃不健康吧
我：是是是，我現在去吃就是了　^_^
四：如果你不想吃，也不用勉強　=)
//

看著他的「=)」，出現在我的「^_^」底下，
心裡莫名地有種久違的感覺。

然後，我一邊繼續和阿四傳訊，
一邊去搜尋以前我跟阿風的訊息。
當臉書還沒十分流行，當 MSN 尚未沒落，
當我們還沒在一起，當……

我不知道自己是不是喜歡他的時候。

//
風：快點去吃飯吧！
我：不想吃
風：那什麼時候才想吃？　-_-
我：你去吃的時候　:p
風：唉……好啦好啦，我現在就去吃好了
我：真的嗎？
風：當然真的
我：不會騙我說去吃、但還是繼續和別人 MSN？
風：沒有與別人 MSN 啦

風：除了你
我：真的嗎
風：真的
我：那就好　^_^
風：那快點去吃吧.　^_^
我：好　^_^
風：回來再談　^_^
我：回來再談　^_^
//

已經是六年前的夏季。
如今，已不可能再會和他這樣短訊。

10月3日　　星期三

今天的他，就只會和別人傳訊吧。

回到家裡，不是對著電腦、就是對著手機，
不是玩遊戲，而是不停在打字，
但又不見他在臉書裡有任何分享……

「最近工作忙嗎？」我問他。
「最近好一點點。」他依然看著手機。
「不如，找天一起去南丫島吧。」
「你想去？」
「是呀，我想去。」
「那，」他頓了一頓，但仍是看著手機。「有空的時候就去吧。」
「這星期沒有空嗎？」
「沒有呀。約了人。」
「是約了誰呢？」
「朋友。」

只是朋友，也可以有很多種。
點頭之交的是朋友，思想相近的是朋友，
朋友的朋友是朋友，朋友的情人是朋友，
喜歡自己的人是朋友，自己喜歡的人是朋友，
舊情人是朋友，未牽手的情人是朋友，
有著愛情的感覺的朋友也算是朋友……

不要再亂想下去。
我決定不再問。

10 月 4 日　星期四

//
四：星期六要不要一起看《復仇者聯盟》？
//

阿四約我看電影。
實在有點意外。
我沒有立即回覆，先用訊息問子杰：

//
我：阿四約我去看電影呢
杰：咦，真的嗎？
我：他在臉書裡問我想不想看《復仇者聯盟》
杰：哦……那你想不想去呢？
我：不知道呀，我還沒看
杰：不找男友陪嗎？
我：他說約了朋友
杰：那要人陪你嗎？　:p
我：不用了，多謝關心　^_^
//

最後，我答應了阿四星期六看電影。

10月6日　星期六

原本這天要去尖沙咀看《復仇者聯盟》。
只是……
臨出家門前，洗手間的水箱爆了，
水漏瀉了一地………………………

在那一刻，如果是你，
第一件會做的事是什麼？

A. 打電話向阿風求救
B. 打電話給阿四説不能赴約
C. 去管理處請保全幫我關水源開關
D. 拿出手機自拍

原本是 A，但想了一想，變成發簡訊，
再想了一想，最後連簡訊也沒有發了。
之後 C，請保全幫我關水源開關，
幸好水只是浸濕了小部分的大廳，
沒有向臥房蔓延，但廚房也變成重災區了。
我一邊清理，一邊打電話給阿四，
抱歉説不能赴約，幸好他還沒有買票……

最後一直忙到八點，
阿風竟然就在這時候回來。

「發生什麼事？」
平常木訥的他竟然也露出意外表情。
「洗手間水箱爆了。」我拿出拖把，苦笑説。
「何時爆的？怎不找我回來幫忙？」他看著放在地上的幾桶水。
「我一個人也可以呀。」我做個鬼臉。

然後，他走過來，把我抱住。

「對不起。」他説。
「傻瓜，不用對不起呀。」我笑。

「我來幫忙吧。」
「好呀。」我推開他，將拖把交給他，「你幫我將它洗乾淨吧。」
「還有呢？」
「還有……倒了這幾桶水。」
「還有？」
「還有……沒有啦，明天找人來裝一個新水箱吧。」
「嗯，還有呢？」
「沒啦，都已經收拾完了。」我說。
「是嗎……」他一臉失望。
「呀，對了，還有……」
「嗯？」
「明天安裝完水箱，帶我出去玩，可以嗎？」
「可以呀。」
「真好。」
「傻瓜。」

10 月 8 日　星期一

星期日，
快樂的一天。

上午安裝完水箱後，
他帶我去數碼港看電影。
他想看《復仇者聯盟》，但都滿座了，
最後我說不看電影也不要緊，就在附近散步吧。
我們從數碼港外的海邊草原開始走，
邊走邊拍照，然後從數碼港道走到沙灣徑那邊，
趕在太陽落下前，對著沙灣的夕陽合照。
之後我們坐小巴到西環源記吃糖水，
我吃了桑寄生蓮子蛋茶，他吃了合桃露加蛋，
還點了一份雞蛋糕。
他問我晚餐只是吃甜品夠嗎？
我說已經可以了，有他陪我，
無論怎麼樣，我都不會再介意了。

10月9日　星期二

但不知為何，快樂的時光總是轉瞬即逝。

10月11日　星期四

他說，為了將來，
所以現在要更加努力。
每次聽見這一句，我都會感到洩氣。
如果那些將來，是等於現在不要見面，
如果那些幸福，是等於現在要習慣孤單……
然後漸漸我們開始愈來愈不同步，
也愈來愈不明白對方，
即使住在同一個家，
卻像是兩個寄住的房客，
偶爾一起吃一餐飯，偶爾交換一下近況，
再談半晚的戀愛，
第二天就各自繼續一個人的生活，
去等下一次跟對方在這屋子裡偶爾重聚；
然後，漸漸我失去信心，
不能再肯定將來的這一段路還會不會有自己存在，
然後，漸漸他對我失去耐心，
為我一而再的胡思亂想而生氣生厭，
再不想說話，再不想回來……

他說，為了將來，
所以現在要更加努力。
只是我不知道，那將來的幸福遠景裡，
又會是屬於誰……

10月 14日　星期日

//
風：早點睡吧
我：那你呢
風：我很快就睡了
我：那我陪你吧
風：傻瓜
我：你才是傻瓜，這麼晚還不睡
風：睡了，誰幫你完成那個 Powerpoint？
我：就不要完成好了
風：你想順利畢業嗎？　-_-
我：想呀……
風：所以就要完成它囉
我：都是我不好……
風：別這樣説啦，是我常常找你去逛街
風：責任在我身上
我：你這樣縱容我，將來那還得了……　:p
風：那將來你還我好了
我：怎樣還？
風：每晚都煮飯給我吃　^_^
我：你妄想　_/
風：T__T
風：那每晚跟我説晚安好了
我：好啊　^_^
風：^_^
//

傻瓜。

晚安。

10 月 17 日　星期三

在阿四的臉書裡，
看見別人 tag 了他一張相片，
是《復仇者聯盟》的電影票票根。

他最後也和別人看了。
真好。

10 月 18 日　星期四

子杰發短訊問我，
為什麼我沒有和阿四去看《復仇者聯盟》，
是不是最後沒有答應他的邀請。

我說原本是打算去看的，
只是出門那天家裡有點事，所以沒有去了。

他說了一聲「原來如此」，
我又問他，知不知道和阿四去看電影的女生是誰。
他說她叫詠思，是阿四的前女友。

忽然之間明白了一切。

10 月 19 日　　星期五

//
我：Hi　^^
四：Hi～
我：怎麼近來不見你畫插畫？
四：因為沒有時間
我：近來很忙吧　:p
四：哈哈
我：你看了《復仇者聯盟》沒有？
四：啊，看了
我：好看嗎？　　^^
四：好看
四：你呢，看了沒有？
我：還沒看呢
我：那次真不好意思，不能和你去看
四：沒關係啊
我：下次請你吃飯補償吧
四：好呀　=)
我：對了
四：？
我：為什麼你喜歡用「=)」這個笑臉符號？
四：沒有原因啊……只是習慣了
我：最初是誰傳染你的？　:p
四：沒有啊
我：真的嗎……
四：真的沒有　=)
我：是嗎……我習慣用「^_^」這個笑臉
四：我有留意到　=)
我：這是我跟男朋友經常用的符號
四：怪不得你這樣問我啦
我：現在是我用的比較多　^_^
四：是帶點無奈的笑容嗎？
我：為什麼你會猜到？？？？？
四：不知道，直覺　=)
我：很神奇　@o@

我：其他朋友都不曾察覺到呢
四：哈哈是嗎
我：那你的「=)」又是無奈的笑容嗎？
四：沒有啦，是真的在笑
我：那我以後跟你短訊時，改用「=)」好了……　:p
四：哈哈，你喜歡　　=)
我：=)
//

10 月 20 日　　星期六

阿四的插畫裡，偶爾會出現一個女生。
短頭髮的，臉有點圓，
最初以為是隨便畫下的，
只是看得愈多他的插畫，
就很難不會留意到那個女生的出現……
又或許，他自己也不自覺吧。
然後直到上次在臉書看到那張他被 tag 的票根相片，
見到 tag 他的人是一個女生，
那張個人照片與插畫裡的女生有點相似；
之後子杰說她是他的前女友，
我就明白為什麼他的畫裡不時都會有她的身影。

//
我：你平時畫畫都會有特定的對象嗎？
四：沒有啊，通常都是那天想到什麼，就會畫什麼
我：那如果有時沒靈感呢？
四：唔，會試試看著以前的作品，或相機拍下的照片
我：那人呢？
四：什麼人呢？　@@
我：會不會因為想念以前的女朋友，於是就畫她？　:p
四：才不會啦，不想有機會讓她誤會　-＿＿-
我：為什麼怕誤會呢，是你與她分手的嗎？　:p

四：你這人真的很八卦呢……　~__~
我：我只是好奇啦，作為你插畫的粉絲　:p
四：粉絲　=_____="""""
四：不要説是我的粉絲啦，很難為情　=_____=
我：XDDDDD
我：你會難為情的嗎？
四：你這樣説，好像我一點也不知羞恥似的　-____-
我：不是啦，只是很難想像你臉紅時的表情　XD
四：=____=
四：我也想像不到你爆笑時的表情……
我：我就不可以爆笑嗎？　@O@
四：不是不可以，只是沒見過吧　~__~
我：哈哈，將來你也是不會有機會見到　:p
四：……為什麼　-____-
我：因為我都只會在心裡爆笑　XDDDDDD
四：也是，如果你在街上這樣笑，一定會被人當作獨子　:p
我：什麼獨子呀？　@@
我：你是想説瘋子吧？　XD
我：雖然我也是家中獨女　XDDDDDDD
四：……………
四：打錯了，是瘋子
四：OK You win　XDD
我：XDDDDDD
//

30

10 月 21 日　星期日

「今天會上街嗎？」起床的時候，我問仍睡在床上的他。
「不了，要在家裡弄明天開會用的 Powerpoint。」他閉著眼說。
我「哦」了一聲，就去梳洗了。
不一會他也起床，接著也去梳洗了。
我從櫥櫃拿出兩包泡麵，
想弄熱狗煎蛋，還有沙拉做早餐，
怎知他卻跟我說：「不用煮我的那一份了，我有事要外出。」
我不作聲，就繼續默默地煮麵。
他也沒有再說話，就只是繼續換衣服，
然後拿了錢包手機，匆匆離家。

然後，家裡又只有我一人。

吃了麵，坐在床上，
不知道應該做什麼。
以前不是這樣的，以前……
我們一定會有假期的活動，
逛街購物看電影找老店吃甜品拍拍照看看海，
但為什麼當他不在，我就彷彿失去了應有的目標。

//
四：沒有上街？
//

這時阿四在臉書傳來了訊息。

//
我：沒有啊
四：星期日也不出去玩？
我：沒地方想去嘛
我：你呢，你不出去嗎？
四：我在家裡種菇　～～
我：哦，原來是同行　:p
//

之後和他一直亂聊，
不知不覺竟聊到了下午，
弄了燕麥片作午餐，然後又繼續和他聊到晚上。
聊些什麼？其實都是無聊的事……

//
我：以前讀書時，隔壁桌有一個同學也很喜歡畫插畫
四：是嗎？　@@
我：他每天都會畫一幅，畫得很可愛
我：我常常都逼他在我的課本上幫我畫畫，哈哈　:p
四：是男生還是女生啊？　@@
我：女生啦！你不要幻想太多　XD
四：你又知我幻想　-___-
我：這個是我隱藏多年的秘技！　XD
四：-_____-
四：那你還有什麼秘技呢？左右左右 AB Start ？
我：想知道秘技，就去買攻略本來看啦，小朋友　XD
四：明明以前覺得你是文靜型的……
四：想不到你原來是這樣……
我：我本身就是文靜型的呀　=)
我：想不到你原來是這樣……　<-- 這是什麼意思　_/
四：沒有意思　XDDDD
//

但看著這個爆笑符號，
不知道為何，時間像是沒有那麼難過，
這個星期天晚上，彷彿又重新燃點了一點點快樂。

10 月 23 日　　星期二

//

我：其實我真的屬於文靜型啊

四：是嗎，文靜型……………………

我：文靜，但又帶點好動活潑

我：健談，但又不失含蓄優雅　　=)

四：你在説誰啊？

我：在説文靜的我嘛　　:p

四：是嗎是嗎？？　　XDDDDD

四：文靜、健談、好動、含蓄、活潑、優雅……完全兩個方向　　XD

我：不可以嗎，動靜皆宜、必備之選啊！

四：必備之選？居家旅行、必備良藥嗎？　　XD

我：含笑半步癲　　XDDDD

我：一日喪命散　　XDDDD

四：阿十半步癲　　:p

我：不行！我要「含笑」！

我：阿四喪命散　　XD

四：………………

//

10 月 24 日　　星期三

//

四：你喜歡吃什麼味道的冰棒？

我：又問些古怪問題……　　@__@

我：巧克力、紅豆囉

我：為什麼問我？

四：有聽過鳳仙冰棒嗎？

我：呂布我就聽過

四：呂布？

我：呂布，字奉先嘛

四：為什麼你會懂這個？　　@@

我：看漫畫學來的，不可以嗎？　　:p

四：……

我：怎樣？

四：只是想起，如果叫你去買冰棒，你不會對店員説錯想要買呂布冰棒吧？

我：……

//

10 月 25 日　　星期四

//
我：我昨晚做夢
四：夢到什麼？
我：夢到你 mail 給我一首歌
我：但當我打開，是病毒……　=＿＿＿=
四：這麼慘？　XDDDD
我：你竟然連在夢裡都在毒我……　T＿T
四：又關我事　:p
我：一定關你事啦，你昨天才 mail〈突然好想你〉給我聽　-＿-
四：哈哈，好聽嗎？
我：好聽　=)
我：但之前我只聽過女版的〈突然好想你〉
我：很好聽的，有機會你也聽聽　=)
四：突然好想你
我：你會在哪裡
四：過得快樂或委屈
我：突然好想你
四：突然鋒利的回憶
我：突然模糊的眼睛
四：唉
我：唉
四：幹嘛學我？　-＿＿-
我：幹嘛學我？　-＿＿-
四：你呀常常都學我說話　-＿＿＿＿-
我：XDDDDDD
我：你拿了專利嗎？
四：拿了
四：「版權所有，不得翻印」
我：我沒有翻印呀
我：我只是複製再貼上而已　XDDDD
四：天啊…………

我：不用立刻呼天搶地呀　～～
四：為什麼你竟然可以這麼無聊……
我：但也及不上你啦，呂布冰棒　XD
四：明明是你無聊、先説起呂布的　XD
我：但呂布冰棒就是你發明的好不好　XDDD
四：XDDDDD
//

10 月 25 日　　星期四

這幾天，他都沒有回來睡。

雖然他也會打電話給我，
説公司發生了很多事、都在忙，
每天凌晨他都會回老家休息，
洗一個澡、睡兩三小時，
第二天又回公司繼續工作。
我只能叮囑他別累壞了身體……

其實自星期天他匆忙離家開始，
我就再也沒有見過他一面了。

10月26日　星期五

//

四：十

我：四

四：你洗澡了沒有？

我：……你有聞到異味嗎？一回來就已經洗了啊

四：我又怎知道你洗了沒，有些女生也不是一回家就洗澡呀

我：我不行啊，回家之後一定要先洗澡，就算沒吃飯也要洗～

四：真是好的習慣呀 =) 我就一定要洗澡和洗頭才可以睡覺

我：當然啦……不過你看上去也像是一個有潔癖的人吧　XD

四：是嗎？　~_~

四：有些人可以去吃完燒肉後帶著一身炭燒味上床睡覺呢

我：我就一定不行了！有時逛街前也會洗，回家後又再洗一次

四：果然是女生……

我：果然是淑女才對！

四：……不是六師弟嗎？

我：什麼六師弟呀？

四：算了，沒什麼　:p

我：唔，這稱呼聽起來也很不錯，但為什麼是六師弟？

四：你真的覺得很不錯嗎？你想要六師弟還是要淑女？　~_~

我：快點説什麼是六師弟！　\＿＿/

四：XDDDDDD

我：快點説呀！　\＿＿/

四：哈哈哈…………你有看周星馳的電影嗎？

我：有呀，但我不記得誰是六師弟！

四：那……現在你應該明白啦……

我：！！！你不是説最肥的那個吧　\＿＿/

四：XDDDDDDDDD

我：火 ＿＿＿＿ 火

四：對不起我忍不住在街上笑了出聲　XDDDD

我：太過分了，你竟然叫一個淑女做六師弟！

四：我早就説了「算了」　XDDD

我：還笑！　\＿/

四：好吧不笑，你是趙薇好不好？

我：……但趙薇是光頭的！　\＿＿／
四：我都沒有想起她光頭　XDDDDDDD
我：……原來你想的是化了妝的那一個？？？？？
四：XDDDDDDDDDD
我：吼～～～～～～～～～～～～～～
//

10 月 27 日　　星期六

//
四：你呀，平時都是這樣無聊嗎？
我：唔……偶爾啦，也要看對手　:p
四：像是怎樣的對手？
我：像你這種　:p
四：～＿＿～
我：有些人，你明知道和他說明了，他都不會明白
四：對牛彈琴
我：對了。有一次無聊起來，跟同事在公司用 LINE 扮演簡訊詐騙的對話
四：叫人去買點數卡那種？
我：是呀
四：真的有點無聊呢　～_～"
我：無聊嘛
四：無聊人在無聊時做無聊事
我：是繞口令來著嗎？
我：等等，你…………你剛說我很無聊嗎？　\＿＿＿／
四：XDDDDDD 現在才有反應 XDDDDDD
我：…………　\＿＿／
四：XDDD
我：你一直回不是更無聊嗎
四：你平時跟男朋友也是這樣無聊嗎？　XDDDDDD
我：他是其中一隻牛
四：什麼牛呀？
四：哦　XDDDDDDDDDD
我：XDDDDD

我：你剛也走過了牛的邊緣
我：從牛門關⋯⋯活過來了！
四：喂⋯⋯好冷啊　~_~
我：冷什麼呀？
四：換你不明白了　:p
我：XDDDDD 我按下發送才明白你想説什麼！！
四：XDDDDD
//

曾經，有一個人可以和我這麼無聊。
只是如今那一個人，已經不會再像從前般，
陪在我身邊，無聊地亂説到天亮⋯⋯

10 月 28 日　星期日

//
四：早安呀淑女~
我：早安呀文人~
四：為什麼叫我文人　@@
我：這是看重你的一種證明啦　:p
四：被你如此看重真的要受寵若驚啊⋯⋯
我：驚嚇的驚？　XD
四：你知道就好　:p
我：哼哼
我：這麼早就起床
四：你也一樣呀，明明今天是星期天　:p
我：你這是什麼意思　_/
四：説你是⋯⋯⋯⋯
我：_____/
四：早睡早起的好學生　:p
我：你很無聊呀　~_~
我：今天會外出嗎？
四：會呀，晚上約了人　=)
我：約了誰呢呢呢　=)

四：前女友
我：wow
我：再續前緣！
四：才沒有啦　=＿＿=
//

是的，我都幾乎忘了，
他還會在意那一個前女友。

//
我：怎樣也好，早點準備好約會吧　:p
四：要準備些什麼？
我：含笑半步癲　XDD
四：一日喪命散可以嗎？　~＿~
//

晚上，阿四去約會了，
我一個人留在家裡看電視，
又看著沒有短訊的手機；
忽然想，自己是不是太依賴阿四了。
以前沒有他，我還不是可以自己一個人度過，
看看電視劇輕鬆笑一場，
或是在網上找些話題來取笑責罵，
時間就是可以這樣過去的，
以前可以，現在也應該可以呀。
只是看著電視裡的節目主持人，
他的賣力表演卻讓我感到一點勉強，
一種就像自己一直在假裝快樂的勉強。
真的這樣就足夠嗎，真的要如此下去嗎……

我打電話給阿風，最後被轉接到語音信箱。
還可以留些什麼給他？
你好嗎，幾時會回來，我想你，你有想我嗎？
為什麼你關機了？
為什麼你不回來這個有人在等著你的家……

最後，我什麼都沒有留。
就只是流下了一滴淚水。

11 月 1 日　星期四

昨天阿四約我看電影。
因為那電影我也想看，他剛巧提起，
於是我就答應了……
反正，阿風依然沒有回來。

說起來這是第一次和阿四單獨外出。
不像平時在短訊裡你來我往，
大家面對面的時候，沉默反而比較多，
氣氛真的有點怪呢……
我忍不住用手機傳了個短訊給他：

「其實我們都一樣吧，不擅說話、口不對心」

他看了後，又看了看我，然後在手機裡回答：

「果然是淑女呀，還會臉紅」

哈哈哈，我忍不住笑了起來，
然後我就想起，我很久沒有對別人笑了，
是對著一個真正在自己面前的人，開懷地笑……

11 月 2 日　星期五

//
我：謝謝你約我去看電影呢
四：謝什麼啦，一點都不像你　:p
我：哼　＼＿＿／
四：淑～
我：唔？
四：沒什麼，只是想叫一叫你　=)
我：無聊～

四：\ ___ /
我：對了，你叫什麼名字？
四：阿四嘛，吃了燒肉，腦袋也燒壞了嗎？　@@
我：是問你真名啊，傻瓜！
四：哦……那你呢？
我：我問你你又反問我　\ __ /
我：我姓阮　=)
四：阮……我一直還以為你姓沈呢
四：我姓簡　=)
我：叫 Samantha 就不是姓沈啦好不好　~__~
我：我還以為你姓文呢　:p
四：文？文盲？=__=
我：哈哈哈，你説是就是　XD
四：=___=
我：阮珮琪　=)
四：簡志民　=)
我：咦，真的有個民字！！　@o@
四：是民不是文啦　~__~
我：但同音！　XDDDD
四：是的是的，是發音一樣　~___~
我：簡志民你好　=)
四：阮珮琪你好　=)
我：我們今天終於真正認識了　=)
四：是啊，那你快點還錢給我
我：為什麼要還錢？　@_@
四：因為你之前説請我吃飯，但昨晚那餐我們可是各付各的！　XDDDD
我：我・都・忘・了！！！！　XDDDDDD
我：你果然很像師奶呢　XDDDDD
四：師你的頭　=____=
我：能夠認識你，真不錯呢
四：你説得好像很有感觸似的　@@
我：是呀，因為你一直讓我爆笑　XD
四：……原來我是笑蛋　=___=
我：XD
//

其實真的，
如果這段日子沒有他，
一定會變得更加難過。

11 月 3 日　星期六

最近都在失眠。

每晚都看著天花板，睡不著……

即使和阿民短訊聊天到凌晨，
也沒有半點睡意。
然後他離線去睡了，
我一個人躺在床上，努力想要入睡，
到最後就只會讓自己透不過氣……

到底幾時才可以安然入睡。

到底幾時才能夠得到你的關注。

11 月 4 日　星期日

阿四說帶我去長洲散心。
本來不太想去，因為沒有精神，
卻想不到，我在船程裡得到安然入睡的空間。

11 月 5 日　星期一

//

我：謝謝你帶我去長洲呢　=)

四：是嗎，不用謝　=)

四：但有人好像很累，在船上總是在睡……　:p

我：不可以睡嗎　~_~

四：可以可以，六師弟睡多一點也是應該的……

我：_/

四：哈哈不説笑了

四：你不覺得悶就好　=)

我：不悶　=)

我：喂，下次我們去南丫島吧

四：你昨天才去了長洲……

我：南丫島的風景比長洲更好啊！

四：但一卜船你又會立即睡著吧　-____-

我：……

我：那人家也是會緊張的呀……

四：緊張什麼？　@@

我：不告訴你　_/

四：……那是不是還要去南丫島？

我：當‧然‧是‧啦！

四：你不找你男朋友陪你去　-___-

我：説了好多年了他都不肯去　=___=

四：真悲哀　~__~

我：唉

四：去南丫島你想到什麼地方呢？

我：我想去看風車！

四：好丫

我：你有吃過「阿婆豆花」嗎？

四：吃過，不好吃的

我：哈哈，你跟我一樣覺得不好吃！！

我：我很多朋友都説好吃，真不知道為什麼　-___-

四：可能只是因為他們走了很多的路、累了，所以什麼都覺得好吃吧

我：哈哈，你好衰

四：~＿＿~
四：還有什麼地方想去呢
我：我想去拍夕陽　=)
四：我有猜到　=)
我：你又知？
四：昨天見你在長洲不停拍夕陽
四：但南丫島的夕陽比長洲更美　=)
我：是啊　=)
我：那等十二月的時候去吧
我：入冬了，氣氛應該會更好呢
四：好啊　=)
我：=)
//

開始有點期待，南丫島之約呢。

11月7日　星期三

子杰在短訊裡問，星期六晚有沒有空吃飯。
我說約了阿四，他像是感到十分驚訝。
他問我跟阿四關係想更進一步？
我說只是好朋友呀。
但他像是依然對我們忽然這般友好感到不能置信，
然後他又提醒，阿四仍掛念前女友……

我說他想太多了。

真的想太多了……

11 月 10 日　　星期六

//
四：早啊～
我：早啊～
四：今天這麼早？
我：已在上班呢……　T__T
四：@O@
四：你在公司？
我：是呀　T__T
四：真慘　@@
四：昨晚有沒有睡好？
我：沒有　T__T
四：唔……那有沒有吃早餐？
我：只買了個麵包……
四：還沒吃嗎？　-___-
我：沒呀……………
四：快點吃吧！　=___=
四：去茶水間看看有沒有可可粉，沖一杯來喝吧
四：只吃麵包，怎會有營養　=_____=
我：是是是……
我：文～
四：唔？
我：你愈來愈像我阿媽呢　XD
四：_____/
//

雖然我是這樣對他說，
但每次看到他的關心問候，
我就會感到自己有多一點力氣。
謝謝你。

11 月 15 日　星期四

今天是和阿四「真正認識」的第二個月紀念日。

其實紀念日，只是我故意想出來的名目。
真正的目的，是想約他去吃飯而已。
之前的每一次，都是他約我的多，
但到我想要約他時，不知為何竟感到有點難為情。

只是這笨蛋，整頓晚飯都在說他的前女友⋯⋯
雖然他不是有心，但不知為何，
我竟然會有點吃醋。

然後，讓我有一點罪惡感。

11 月 16 日　星期五

子杰好意提醒，我是有男朋友的。

我也知道自己有男朋友。
只是，他一直都沒有出現。
快一個月沒有見過他。
電話也只通過兩次。
他還會記得我嗎？還會記得我是他的女朋友嗎？

11 月 17 日　　星期日

早上醒來的時候，
竟然見到阿風就坐在床邊，凝視著我。

最初我以為自己是在做夢。

但當他的手碰在我的臉上，
那種溫暖的感覺是真實的，
當他抱起我的時候，
可以聽到他的呼吸聲、甚至心跳聲，
我就知道，他是真的回來了⋯⋯

「對不起。」
他第一句就這樣對我說。
我沒有反應，只是靜靜看著他，
即使心裡還在問，你這一陣子去了哪裡，
你不打算為你的突然消失而有半點解釋嗎？
但不知為何，我放棄了要再去問更多，
而他也是真的如我所想，
在說了對不起後，就不再對我有半點解釋⋯⋯

後來的一整天，我們很少說話。
就只是在家裡看著對方，偶爾微笑一下，
大多數時間都在做自己的事情。
我偶爾和阿四短訊，
他偶爾看看書、用電腦上網。
不知道他有沒有留意到，我替他換了新的窗簾，
也買了一張新的電腦椅。
晚上我煮了他最愛吃的梅子排骨、羅宋湯，
他也沒有問我，是什麼時候去買了食材。
大家都不想說話，似乎也不想反應。
是因為意識到，有些事情真的已經不復從前，
還是其實，有些話只是開不了口⋯⋯

11 月 20 日　星期二

//
杰：你不是應該去問他的想法嗎？
杰：作為情侶，對彼此坦誠是溝通的第一步呀
我：是的
我：只是我們已經在一起太多年
我：也建立了一種默契
我：讓如今已經失去默契的我們知道
我：其實彼此都不想將一切都說清楚
杰：這樣實在很難理解
我：是呀
我：但我們可能是需要多一點時間來重新相處
我：之後，才知道應該如何去問或去說出那些話吧
我：我是這樣想的　^_^
杰：他呢，他也是這樣想嗎？
我：不知道呢
我：至少，這幾天他都會回來
我：至少，他仍然在我的身邊
杰：唔唔
//

11 月 23 日　　星期五

這幾天在線，都沒有與阿四短訊。

明明就是看到他在線。
但是始終沒有想要傳他訊息的衝動。

子杰說，最近他和前女友經常都有聊天。
我在他的臉書，也看到那個女生按讚他的每一幅畫。

那也好啊。

而且，他也沒有傳短訊過來。
如果他太忙，又何必再去打擾。

非誠勿擾。

11 月 24 日　　星期六

只是子杰說得對。
我是如此相信，但他未必也會一樣。

他又開始不在家的日子。

11 月 25 日　　星期日

又回復一個人的日子。

我看著臉書，看見阿風在線。
過了一會，又變成離線。
接著再過一會，又在線了。

然後來來回回，我數著他在線與離線的次數。
然後再不能不去想，其實他是在與誰傳訊⋯⋯

11 月 26 日　星期一

晚上，我躺在床上，
用手機看回之前跟阿四的短訊。

//
四：淑～
四：一叫你就離線…… T__T
我：是我一見你就閃（國語）
四：我知道你是想被我打（泰文）
我：XD
我：你懂泰文嗎？
四：妹是甘冷旦翼媽翼媽吳孟達
我：夾買共 G 個咩共（泰文）
我：XD
四：XD
我：XDD 傻的
四：愕哩冬吳希媽朝咪（想不到他鄉遇故知！）
四：XD
我：XDDDDDDDDDDDDD
我：你白痴～　XDDDDDDDDD
我：皮膚白雪雪，學人扮泰仔
我：XDDD
四：泰仔不可以白雪雪的嗎　～～
我：不可以
四：為什麼　＝口＝
我：你有見過藍色的香蕉嗎？
四：我見過綠色　:p
我：都不是藍色，就是沒有見過啦～
我：你曬黑一點才學人講泰文啦～
四：～＿＿＿＿＿～
我：還有，要多兩塊肌肉……
我：XDDD

四：這些都只是你們升斗市民對泰仔的錯誤認識

四：誰説泰仔不可以又白又瘦的？ 　_/

我：XDDDDDDDDDDD

我：那你唱首泰文版的〈相逢何必曾相識〉來聽聽先

四：和伯能　吳知 er　兜書而能

四：文憶兜 ru 茄　吳揭 it 知宋羅湯

我：.........................

我：什麼羅宋湯

我：XDDDDDDDDDD

我：你真的亂來！！！！！　XDDDDDD

四：~ ~

四：真的會唱啊

四：你試試唱一次吧

我：XDDDDDDDDDDDDDD

我：救命

四：怎樣呀，會不會唱呀　:p

我：不唱呀　XD

我：下次你出來唱給我聽～

四：下次先算啦　:p

我：\＿＿＿＿＿＿＿ / 你找死

四：:p

四：對了我發現一件事情

我：什麼事

四：我發覺我喜歡

四：逗你笑

我：逗我笑有什麼好　~ ~

四：但我更喜歡

我：……

四：惹你生氣　XDDDDDD

我：\＿＿＿＿＿＿＿＿＿ /

四：XDDDDDDDDDDD

我：你真的討打　\口/

四：:p

四：如果不惹你生氣

四：又怎會有機會

四：再讓我逗你笑呢
我：…………
我：我想講
四：唔？
我：我是不會喜歡白雪雪的泰仔囉　XDDDDD
四：………………………　～＿＿～
//

其實只是兩星期前的事。
為什麼會有一種過了很久的感覺。
為什麼那時候，可以和他如此暢所欲言呢……

彷彿就像是另一個自己。

也彷彿，是在他的身上，
才可以找回原本開心的自己……

| | 月 27 日　星期二

//
我：文
四：淑
我：最近你好像很忙嘛
四：不忙呀
我：但你都沒空短訊呢
四：我以為是你忙
我：算吧～
四：今晚有沒有約人？
我：做什麼？
四：想約你吃飯
我：……
我：可以呀，今晚
四：去尖沙咀好嗎？

我：好呀
四：那七點我再打給你　=)
我：好　=)
//

原本只是想問他的近況，
卻想不到他會約我吃晚飯。
也好，其實我也想見他。

再見到他的時候，心裡有一種懷念的感覺，
他問我為什麼定睛看著他，
我沒有告訴他真正的原因，
只是笑笑讓今晚的約會開始。

吃過晚飯，我們在海邊散步，
我們有一搭沒一搭地聊天，
他沒有問我近來發生什麼事，
我也沒有問他跟前女友如何，
是默契，還是有心避而不談，
也不想再追究了，就只希望這個晚上不要那麼快結束。

之後，還是夜深了，
他送我到巴士站，然後竟跟我一起上車，
說要送我回家。

這是他第一次送我回家。
坐在車廂裡，我看著窗外，
偷偷從玻璃的倒影看他，
他只是一動也不動地坐好，
也沒有拿出手機來玩，像是一個乖乖的學生，
我心裡忍不住笑了。
最後我讓他送到屋苑外，教他要到哪裡乘車，
他傻傻地點頭，但後來他還是走錯了車站……

11 月 29 日　星期四

//
我：男和女之間，真的可以有純友誼嗎？
四：……
//

或許我是不應該問呢。
又或許，他其實就真的只當我是一個朋友。

12 月 4 日　星期二

//
我：有時真羨慕你呢
四：羨慕我有錢？
我：你有錢？為什麼我不知道？　\＿/
四：一塊兩毛五總有的　:p
我：你好無聊　XDD
四：為什麼羨慕我啦　=)
我：你有自己的專長，而且又單身
四：我有什麼專長？
我：繪畫囉，我覺得你畫得很好，總有天會得到大家的認同　=)
四：你這樣說我也是不會臉紅的！　:p
我：你不要學《航海王》的喬巴說話　^＿^
四：~_~
四：謝謝你的稱讚，但其實我也不覺得那是什麼專長　=)
我：至少已經比很多人要好了
四：有時你看我好、我看你好，大家看到的其實都只是泡沫而已
我：嘩文人又說了很有哲學性的話呢，我要抄下來　XD
四：你這樣說我完全不覺得高興　~__~
四：單身又有什麼好呢，一個人的時候，你不知道有多悶
我：兩個人在一起的時候，也可以很悶
四：例如呢

我：大家都太清楚對方的想法，有些事情反而變得不想再談
四：這不是大家說的默契嗎
我：清楚對方想法是一回事，但是否真的配合，又是另一回事
我：有時會深深覺得，兩個人是活在不一樣的世界
四：有試過跟他談這個問題嗎？
我：他不會想談的，每次一說，他都會不說話　～～
四：唔，那也比較麻煩……
我：你呢，以前有試過這種情況嗎　=)
四：以前跟詠思在一起時，可能是我比較粗心大意吧，很多事都是後知後覺
我：例如呢？
四：例如……那時我以為她離開我，是因為喜歡了另一個朋友
四：但其實，我和她的感情是早已經淡了
我：淡了的時候，你不曾察覺嗎？
四：那時我只會想，兩個人在一起，只要開心，就已經足夠了
我：你當時覺得她開心？
四：是的，因為每次約會，她都會表現得很快樂投入
四：只是現在回想，她當時其實是假裝很投入吧，而不是真的覺得快樂　=)
我：為什麼現在反而才會察覺　:p
四：也許是因為最近和她見面多了，可以從一個比較抽離的位置去重新認識她
我：我見到你們不時會一起看電影　=)
四：誰教你都沒有空呢，唉～
我：就是給你機會去和她再發展嘛　XD
四：是嗎是嗎……
我：謝謝你呢，讓我想明白多一點　=)
四：有讓你想明白什麼嗎？
我：以前的你，很像我現在的男朋友呢　=)
四：……
四：你還喜歡他嗎
我：我也不知道
我：都已經六年了
四：唔
我：好了，要睡了
四：好啦，不要想太多
我：嗯，晚安　=)
四：晚安　=)
//

還喜歡他嗎⋯⋯

我傳了一個短訊給他。

「你還喜歡我嗎?」

不知道,自己為何終於可以鼓起勇氣去問。
即使明知道,他是不會回覆的。
就算已讀你的訊息,還是不會有一點反應⋯⋯
那麼我又應該要如何打算。

12 月 11 日　星期二

最近見得最多的人,是阿四。

無可否認,他已經變成我的生活裡,
一個相當重要的朋友⋯⋯

「喂,該起床啦!」
每天早上,他都會打電話來叫我起床。
「好冷啊,讓我多睡一會吧⋯⋯」
我躲在被窩裡說,雖然其實我是已經醒了。
「懶鬼,再不起床你就要遲到啦!」
他繼續哇啦哇啦地嚷。

其實我只是想繼續聽他的聲音。

跟他在一起,總是可以讓我重拾安心的感覺。
曾經我都忘了,跟另一個人有著默契的生活,
會是怎樣的滋味;
但是他卻輕易地打開我的心房,
讓我快樂地笑,也讓我知道什麼是窩心⋯⋯

//
我：很悶啊…………
四：有沒有看 mail ？
我：mail，你又傳病毒給我嗎？　=__=
四：你先看看吧，別做夢　=_____=
我：哦……
我：嘩
我：你什麼時候畫的啊！　@O@
四：:p
我：謝謝你啊，我很喜歡這幅畫！　=)
我：我要將它印出來
我：然後掛在臥房裡　=)
四：印出來……可能反而會不夠清楚啊　~_~
我：沒關係啦
我：因為重要的是，有一個人為我畫了這一幅畫
四：是嗎　=)
我：嗯　=)
//

雖然我不知道，那幅掛滿星星的畫裡，
那個長頭髮的女生是不是就是我。

但至少，不再是短頭髮。
至少他讓我知道，
我在他心裡面的那一個位置。

12 月 13 日　　星期四

//
我：文～
四：嗯？
我：你有想過送什麼生日禮物給我嗎？
四：呃？我以為只是跟你説「生日快樂」就已經足夠了啊？
我：\ ___ /
四：最多，我連明年的「生日快樂」也預支給你好了
我：\ _____ /
四：XDDD
我：原來我的價值，就只值得你説一聲「生日快樂」　T__T
四：不是啦，我有好好地想　=)
我：真的嗎？　=)
四：當然　=)
我：不用太名貴，有心就已經足夠了　=)
四：你以為會有多名貴？我只是打算請你到麥當勞吃「快樂兒童餐」而已　XD
我：……禮物就是隨餐附送的玩具？　\ ____ /
四：你實在太了解我了　XDDDD
我：\ _____ /
四：淑女又變作六師弟　XDDDDD
我：\ _____ /
//

12 月 16 日　　星期日

生日。
等了半天，還是等不到阿風的電話，甚至短訊。
即使我還是看到他的臉書有在更新……

原來，他是去了日本。

唉。

下午，我告訴阿四晚上沒有約，
於是他約我去中環吃飯。
中環……
因為他不肯說會帶我去哪裡吃飯，
我怕他會不會突然帶我去太高級的餐廳，
於是……我只好花時間去打扮一下才出門。
想不到那個笨蛋看見我時，竟然目瞪口呆，
哈哈。
但我更想不到的是，
他最後真的帶我去了麥當勞…………………………

然後，他給我一份「快樂兒童餐」，
要我拆禮物，
然後，我見到裡面有一個扭蛋，
我用力扭開，見到一對小王子耳環……

我忍不住哭了。

以前我曾經跟他提過一次，
很喜歡這一對小王子的耳環，
吊墜末端是小王子居住的 B612 星球，
兩邊分別有小王子與玫瑰花，作工十分精細。
那是很多年前限量推出的版本，早已絕版，
我跟阿風在網上搜尋過無數次，
但總是不見有人願意轉讓出來。

「傻瓜，你怎麼找到的？」

我問他。

「碰巧見到，所以就送給你了。」

他笑著答，然後幫我戴上耳環。

當他的手碰到我的耳垂的時候，
我清楚感覺到自己內心的跳動。

一種久違了的感情正默默地擴展……

「你為什麼對我這麼好……」我問他。

「因為我喜歡看見你笑嘛。」他這樣說。

「就只是這樣？」傻瓜。

「只要你開心，那就已經足夠了。」

傻瓜。

為什麼會讓我遇上這一個，傻瓜。

12 月 20 日　星期四

//
我：平安夜有約人嗎　=)
四：你説呢　=)
我：哼哼，還以為你有約人　-_-
四：若我約了人又怎再去約人　:p
我：你在説什麼啊，完全看不明白　:p
四：-_____-
四：那你又有沒有約人？
我：你説呢　=)
四：你抄我！
我：那你又有沒有約人？ <-- 你也一樣抄我呀！
四：哼，算吧
四，那請問，平安夜你有空嗎？
我：這才乖　XD
四：=_____=
我：沒人約呀　=)
四：想一起吃飯嗎？　=)
我：好呀
我：你決定吃什麼　=)
我：麥當勞也可以　^__^
四：……又麥當勞，我沒錢啊！！！
我：那次……原來要很貴嗎？　XD
四：總之不是「快樂兒童餐」的價錢　-_-
我：XD
我：傻瓜，不要再為我破費了　=)
四：好，那我再想吃什麼　=)
我：要不要交換禮物？　=)
四：你剛剛才説不要我為你破費　XD
我：哼，你不想交換就算了　__/
四：好好好，交換交換　~___~
我：哈哈，真好
我：有些期待呢，很久沒有交換禮物了　=)
四：有多久呢？
我：很久很久了～

四：淑～
我：嗯？
四：好啦，早點睡吧，不然又黑眼圈　=)
我：你也是呀　=)
四：嗯，晚安　=)
我：晚安　=)
四：～
我：～
//

12 月 24 日　星期一

平安夜。

這天晚上，本來會和阿四見面。
本來……

只是，阿風卻在這一天回來了。
他又像上次一樣，坐在床邊，
低頭凝視著還在床上的我。
然後等我坐起的時候，
他從衣袋裡掏出一個小盒子，打開。

裡面，是一對小王子耳環，
一對居住在 B512 星球，同一款的小王子耳環。

「你怎麼找到的？」
我呆了，但還是忍不住問。
「在東京一間二手店裡，無意中看到的。」
他微笑說，然後又問：「喜歡嗎？」
我忍不住苦笑了。
「你不覺得，你突然失蹤，然後又突然出現，會令我很無所適從嗎？」

「對不起。」他只是這麼回答。

「你到底在意我這個女朋友嗎？可以幾乎一整個月不見面，然後又突然回來送我禮物，你以為我就會乖乖地繼續受你支配嗎？」

我繼續追問，淚水卻不爭氣地流了下來。

但是他只是靜靜地繼續看著我。

不說話。

也不會再為我抹去臉上的淚。

我不知道為什麼我們兩人會變成這樣。

他變得不再喜歡表達他內心的想法。

我也漸漸變得沒有勇氣再去問他。

是我的問題嗎？

一直以來，我為這些沒有解答的不安糾結，失眠了多少次。

而他從來沒有半點過問。

到現在，即使我在他的面前哭，他也不會過問。

我忽然覺得，應該悲哀的人也許不只我自己一個。

眼前的這個男人，也是跟我同樣的悲哀。

「其實，你是不是有另外喜歡的人？」我問他。

他沒有搖頭，沒有否認。

「你們在一起了嗎？」

他沒有搖頭。

「那麼，你是想跟我分手嗎？」

他沒有搖頭。

只是緊緊地抱著我。

「民，不好意思，今晚我不能來了。聖誕快樂」

最後我傳了這個短訊給阿四。

他不一會就已讀了訊息，卻沒有任何回覆。

我看著手機微笑了一下，

只是淚水還是繼續不爭氣地，滑落到地上。

12 月 26 日　星期三

//
杰：我想，你現在應該是不要再理會阿四比較好
我：為什麼？
杰：首先你要去處理好你跟男朋友之間的問題呀
杰：到底他是不是喜歡了別人，到底他有什麼打算
我：但我問他什麼，他始終都不肯說
我：就只是問我有沒有什麼地方想去，或想怎樣慶祝聖誕節
杰：他其實是不是外面有另一個人？
我：我也不知道⋯⋯
杰：那麼，你要嘗試逼他回答啊，不能只是哭
我：我沒哭，只是實在沒有力氣了
杰：我明白的
我：阿四有沒有找你、或問起我的事情嗎？
杰：沒有呀
杰：但你不用替他擔心太多啦
杰：他也沒有找你，不是嗎？
我：⋯⋯⋯⋯⋯
杰：你也想想，你是認真地喜歡他嗎？
杰：還是他只不過是你男朋友不在時的替身？
我：⋯⋯
杰：其實你應該公平一點，先處理好自己的問題，才再想之後的發展
我：是的
杰：加油！
我：嗯
//

其實阿四有找過我。
短訊、電話、留言，我沒有接聽回覆。
因為我不知道應該要怎麼面對他。
子杰說得對，其實我還有男朋友，
我又怎能如此自私⋯⋯

12月27日　星期四

子杰說，
昨天阿四和前女友去看了電影，
之後一起吃晚飯慶祝聖誕。
我問他怎麼知道的，他說在他的臉書裡看到他們的合照。
於是我打開阿四的臉書，卻見不到子杰說的照片；
為什麼會見不到？
子杰解釋，可能是阿四為相片設了權限，
我是被他放在權限之外……

是這樣嗎？
是這樣嗎……

晚上，和阿風兩人在家裡，
我坐在他的對面，一直看著他，
他一直在假裝看書，不說話，
但我還是繼續看著他……

「怎麼了？」
最後他似乎忍受不了我的目光，抬起頭問我。
「你終於肯看著我說話了。」我這樣說。
「你真的要逼我到盡頭嗎？」他苦笑問。
「難道你就沒有逼我嗎？」我反問他。
「我怎麼逼你呢？」他放下書本，嘆氣。
「你這一種態度，就是在逼我了。」我又忍不住流下眼淚。
「我已經一直給你最大的自由了。」他呼氣。
「兩個人在一起，不是為了自由吧。」我苦笑。
「我也盡我所能，給你最好的生活。」他看著我。
「但為什麼你可以就這樣拋下我一個人在家裡？」我反看著他。
他不答，過了好一會，才回答我：
「難道你就不可以多體諒我一點嗎？」
「那為什麼你不會體諒我、已經體諒了你太多太多次？」
他又不作聲了。
然後又拿起書本，不再看我。

任憑我自覺卑微得不值得任何人眷顧。

12 月 28 日　星期五

//
四：在嗎？
我：Hi
四：在忙？
我：有點
我：對不起那天沒有來
四：有事發生嗎？
我：現在沒事了
四：哦
我：不談了，有事要做
四：好，byebye
我：bb
//

有時最傷人的，不是文字。
而是在文字以外，再看不見對方的笑容……

1 月 1 日　星期二

//
四：新年快樂　=)
我：謝謝
四：在忙？
我：不
四：有約人嗎？
我：沒有
四：假期也不外出玩？
我：沒心情
四：哦
我：不聊了，拜拜
//

其實我真的沒有心情。
因為阿風又沒有再回來了。

1月2日　星期三

我決定要跟蹤阿風。

子杰説我有點歇斯底里，我苦笑了。
但他仗義來陪我跟蹤，讓我有點安心。

我們在阿風工作的大廈等他下班。
六點，他準時離開公司，
然後就搭上計程車，去了跑馬地的一處住宅，
是我不知道的地方。
因為我們不是住戶，管理處的保全不讓我們進去。
那就代表，阿風是那的住戶了？
我和子杰在附近等了一會，
正想放棄，卻見到阿風從大廈裡出來，
左手牽著一個婦人，右手推著一輛嬰兒車……

我頓時明白，為什麼這一年來，
他經常都會不在家裡。
只因為他已經與另一個人擁有另一個家……

「你不上前去問個明白嗎？」
子杰輕聲説，我才如夢初醒，
追上已經愈走愈遠的阿風。

我拿出手機，在他幾十步距離的背後，
用短訊問他：

「你身邊的，是你的女朋友，還是老婆？」

他從衣袋裡拿出手機看短訊，腳步停了下來。
因為看不見他的臉，我不知道他臉上現在有著什麼表情。
我繼續在短訊説：

「我在你的背後」

但想不到，他看完短訊後，竟然沒有回頭。
我心裡感到一陣悲哀，又再問他：

「你連面對我一次也不敢嗎？」

他依然沒有回頭。

「既然如此」

我繼續輸入，淚水忍不住滑了下來。

「我們分手吧」
「我會搬離你的家」
「你以後不要再來找我」

他依然沒有回頭。

任憑我在他的家門前痛哭，他也沒有再回頭。

Ⅰ月7日　星期一

「我不會走的，即使你趕我我都不走。」
「真的？」
「如果你趕我走，我就死纏下去、到你回心轉意為止。」
「那麼如果你變心了，我又怎麼辦？」
「我又怎會變心？」
「我是說如果啊！」
「好了、好了……如果我變心，那麼我就娶你進門吧！」
「都不喜歡我了，卻還要娶我？」
「娶了你，做了你丈夫，我就不能夠再變心了嘛！」
「……傻子。」

然後，我就被溫暖的幸福感緊緊包圍。
也是我第一次明白到，什麼是窩心的感覺。
只是 ......

每次夢醒過來，
都會窩心得好痛，好痛。

1月8日　星期二

一個人，去了台北。

子杰說我不應該一個人去旅行。
但我實在想離開那個讓我傷心的城市。

只想可以不再思考太多、煩惱太多，去做自己喜歡的事情。
只想在完全沒有人認識的地方，去盡情地藏起自己。

1月10日　　星期四

你勉強說出你愛我的原因
卻說不出你欣賞我哪一種表情
卻說不出在什麼場合我曾讓你分心
說不出　離開的原因

勉強說出　你為我寄出的每一封信
都是你　離開的原因

你離開我　就是旅行的意義

　—— 陳綺貞〈旅行的意義〉

1月13日　星期日

在饒河街的夜市，遇到賣蛋黃哥的棉花糖……

想起跟阿四提過，將來如果一起去台北，
要一起來吃這一攤棉花糖。
只是如今看著其他情侶，
一雙雙地拿著棉花糖自拍、分享甜滋味……

忽然覺得，自己繼續在這城市裡流浪，
又是為了什麼……

1月16日　星期三

回到香港，日子還是要過。

不想笑，但還是要笑臉迎人。

同事們都對我很好，
大概他們都從子杰口中知道我的情況，
總是不會讓我負責太繁重的工作。

只是時間多了，人就會覺得空虛。

搬回去老家，雖然可以多點見到爸爸媽媽，
只是我知道自己其實也打亂了他們原本的生活。
而且老家地方不大，不只沒地方貼阿四的那張畫，
也沒有太多可以一個人靜下來的空間……

也許我應該要再另外租一個地方，
搬出去住……
但首先是，要再找新的工作。
還有，不要再讓自己胡思亂想……

1 月 25 日　　星期五

這陣子都沒有寫日記。
不是沒有想寫的事情。
只是開始會變得害怕，
每天都要去重溫各種難受的感覺。

只想有一天能夠好好入睡……

1 月 28 日　　星期一

偶爾，還是會在臉書裡偷看，
阿四的插畫。

說是偷看，
其實還是跟平常一樣地看，
只是不會去按讚或是留言，
不會讓他有半點察覺而已。
怕他會進一步地將我封鎖、
以後連插畫也再不能看到，
也怕他會再傳來短訊問我，
而我不知道應該怎麼回應……

2月1日　星期五

他的畫風最近都有點灰。
但卻很切合我近來的心情。

心裡感到有點安慰。

彷彿有著另一個他，
用這種最間接的方式，來讓我得到一個慰藉的地方。
雖然我們已經不聞不問，
雖然，這一切都可能只是我自己一個人的幻想。

2月6日　星期三

大除夕，
也是我在這間公司工作的最後一天。

臨走前，我將電腦的私人檔案都好好清理了。
唯獨之前阿四留下的那幾張插畫，
我找了個 USB 將它們儲存起來……

雖然你都未必會再記得它們。
但它們陪我走過了這一年，我會一直都記得……

2月14日　星期四

是誰送的花呢……

知道我搬回老家的人，其實並不多。

至少，他不會知道……

2月20日　星期三

阿風的媽媽今天打電話給我。
不想面對她，不是她不好，
而是因為她一直都對我很好，
所以我才更加不知道應該如何去面對。

「你們發生了什麼事呢？我問阿風，他又不肯回答我。」

她這樣問我，我也不知道該怎麼回答。

「有些事情，我想還是他自己對您說會比較好。」

我只能這樣說。

以前在一起的時候，
他媽媽不時都會來到我們的家，
煲湯給我們喝，
有時還會替忙於工作的我們清理房間，
十分貼心。
她很疼我，就像是我的另一個媽媽，
所以放假時我們經常都會帶她去茶樓飲茶。
只是過去一年，因為阿風時常都不在，
我們少了去探望她，

往往是他自己回老家去吃飯，
而我總是事後才知道……

再回想更多，就愈覺得他是早有預謀。

然後我又想，連伯母也不知道他的事情，
其實他是打算隱瞞到什麼時候，
這樣下去他自己不覺得痛苦嗎……

2月25日　星期一

今天要去銅鑼灣面試。

一直都避免來港島。
不想有機會碰到阿風。
一次都不想。

還好最後沒碰到。
只是面試好像也不太成功就是了。

2月29日　星期五

//
杰：明天我們有聚餐啊，你來不來？
我：在哪裡？
杰：灣仔
我：……
我：有誰呢？
杰：阿智、小華、Iris、陳開心、David，還有我
杰：沒有叫阿四，你放心
我：嗯

我：你們去吧，我想休息一下
杰：吃飯聊天也可以放鬆心情啊
我：不了，你們玩得開心一點　=)
//

其實就算阿四會去，
我也不知道還可以跟他說什麼。
只會更加尷尬吧，只會讓自己更難堪……
最近不見他畫新的插畫，
臉書也沒有更新。
於是我就去點了他前女友的臉書看。
那個女生叫蘇詠思，
短頭髮，臉有點圓，很討人喜歡。
她的臉書有很多分享，
都是設定了「公開」、讓任何人瀏覽。
以前我有時會看她的分享，
看看會不會有阿四的留言、按讚，
或是關於阿四的舊相片。
但其實不太多，阿四平常也很少去留言，
只是每天看她的臉書，卻變成了我的習慣……

好像有點傻呢。
如果讓他知道的話，一定會取笑我才是師奶。

3月6日　　星期四

面試過了，真好～

在臉書宣布這個消息，大家都按讚。
想找人慶祝，大家也都說好。
但我還在期待什麼呢……
他是不會按讚的，我知道。
他是不會再理會我的，我知道。

3 月 14 日　　星期五

//
杰：其實你再看他的臉書，也只是會讓自己不開心呀
我：我知道
杰：想想，如果他會掛念你，早就會主動來問候關心了
我：是啊……
杰：而且他最近似乎也在和那個詠思熱戀中
我：復合了嗎？
杰：不知道呢，可能吧
我：……
杰：不要讓自己想太多了
杰：之前那麼艱難的事你都可以撐過去，這次你也可以的
我：嗯
杰：如果想找人傾訴陪伴，也可以隨時來找我
我：謝謝你
//

3 月 18 日　　星期二

今晚又看回以前的舊訊息……

//
四：如果有幾千萬在手，就好了～
我：有錢你想做些什麼？　:p
四：不知道呀，但想放假去其他地方看星星
我：你喜歡看星星？　=)
四：=)
我：但你懂不懂得看呀？
四：不懂，不會分辨星座
我：我也不會～

我：但我也很喜歡對著天上的星發呆
我：感覺真的好好
四：嗯，只是在城市裡，通常就只看得到幾顆星
我：是啊……
我：有機會，你一定會去到
四：去到？
我：看到很多星星的地方　=)
四：希望啦　=)
我：=)
//

今晚天上有很多星星。
不知你會不會看得見。

3 月 24 日　　星期一

媽媽問我是不是還想著阿風。
我不知道該怎麼解釋。
只能裝出笑臉，説我已經沒事了。

其實一直有不少人都這樣問我。
但……
比較起來，對於他的隱瞞，
我是開始覺得不那麼痛了。
但是這些感受，我卻不知道如何向人表達。
一直以來比較清楚這些事情的，
就只有子杰一人。
其他人都是知道某些部分，
卻不知道全貌。
很多人只知道我跟阿風分開了，
但為什麼分開，我沒有對人説明過，
阿風也更加不會，於是就有不同的猜測……
比較熟的朋友會自己來問我，
不太熟的，就會在背後説我是不是另結新歡……

其實我是沒必要去解釋太多。
但不解釋，有時反而會令自己覺得更加委屈。
再去解釋，自己又是否真的那麼理直氣壯？
現在回想，最後我們分開，
其實彼此都有各自的問題與責任，
如果要分對錯，大概我們都要各打五十大板，
與其這樣，不如不要對任何人說，
不如就自己放在心底算了……
不期望會得到更多人的稱讚與認同，
不奢望哪天某人會明白，
你一直埋藏在心裡的那點苦衷。

3 月 30 日　　星期日

//
四：淑～
我：文～
四：～_～
我：今天這麼早在線？
四：不可以嗎？　:p
四：掛念嘛
我：找個衣架來掛嗎？　　:p
四：～＿＿＿～
四：什麼時候要再吃藥？
我：你上次是什麼時候提醒我？
四：八點
我：那還有半小時　=)
四：嗯
四：那去洗澡了嗎？
我：沒呀
四：還不快點去？
我：是的是的，現在就去了，母親大人　XD
四：～＿＿＿～

我：回來了
四：這麼快　@O@
我：有多快啊　=___=
四：只花了十五分鐘！！
我：你有在算嗎　=_____=
四：看訊息的傳送時間就知道啦！　=____=
我：XDDDDD
四：都不知道你有沒有洗乾淨
我：香噴噴　:p
四：是嗎是嗎
四：記得多穿點衣服啊，不要再著涼
我：知道了知道了　=)
四：快點康復吧，否則你平安夜就不能出來　:p
我：你不希望我出來嗎　~__~
四：不知道呢　:p
我：\ __ /
四：屬
我：聞
四：時間到了　~_~
我：是，現在吃藥去
四：=)
我：=)
//

4月1日　星期二

//
我：我下班啦文人~
四：這麼好？　T___T
我：是呀，你呢
四：還在趕工啦…………
我：噢，辛苦你了　:p
四：T____T
我：byebye　=)
四：byebye　=)
我：~
四：~

我：我們又見面啦　～～
四：……………………………………………
四：這麼快回到家？
我：是呀　XDDDDDDDD
四：=＿＿＿＝"″
四：我原本還在想……
我：想什麼？
四：你走了
四：我就可以全力以赴
我：做到最好？
四：～～
我：傻瓜
四：～～
我：等等
我：你的意思是我打擾你工作嗎？　＼＿＿＿＿＿＿＿／
四：遲鈍　XDDDDD
我：早知就不這麼早回家！　＼ロ／
四：XDDDDDDDDDDDDDDDDD
//

看著你如今仍然在線，
不知道今天的你，是不是還會在公司裡，
在全力以赴，還是在與誰短訊？

4 月 9 日　星期三
────────────────

短短三個多月，
就已經有六萬多則短訊。

但要將全部短訊重溫，
卻只需要兩個星期的時間。

4 月 10 日　　星期四

他在臉書裡分享了這篇散文：

//
當那煙雲終於散去，
一切又再變得分明。

未接來電不會立即回覆，
問候短訊亦沒有了回音。

我們不會再偷偷傳暗號，
也不會再常常互相按讚。

約會也總是由我來提出，
失約卻已變成你的專利。

每星期的聚餐開始沒有預期，
每個月也再碰不上你幾次面。

書桌上你送的小玩意不再繁殖堆積，
與你沉迷過的遊戲也不再覺得有趣。

聽說你有心事，我也只能聽其他人說起；
近來喜歡的歌，你也不會再留一個讚好。

似乎我們的世界脫了鉤，時空位置從此交錯；
彷彿你我再不認得彼此，路過碰見亦如陌路。

就算那天我表現得很煩惱，你亦不會來問候一句；
你生病也不再主動告訴我，甚至會不想讓我知道。

偶爾你還是會探望我，但總站在門外；
又或者留下隻字片語，但冷淡而疏離。

過去你常走到我身旁，世界只有你與我；
現在你身旁總圍滿人，我也不想再走近。

就算我走近，你亦不再笑迎；
假如我卻步，你還樂得清靜……

也許我們真的變回做普通的朋友，
也許我們比普通朋友還更加不如。

我們之間所有過的，並非實在的友誼，
我們之前所發生的，不過是曖昧而已……

其實我真的不介意與你去曖昧，
也不介意你最後仍沒有喜歡我；
因為你已給予我這些難忘回憶，
你已經讓我得到過最大的運氣。

不過我只是有點介意，當煙雲散去，
你讓我深深明白到、那些溫暖原來只是曖昧的附屬，
而並非我這個笨人真的值得讓你關懷……

不過我還是未能釋懷，當煙雲散去，
你要對所有人否認、那抹彩霞在你我之間曾發生過，
並將那些曾經與微碎統統都沒收抹殺……

讓我變得想去恨你那自私的同時，
也讓我更加討厭這樣的自己而已。
//

很想按讚，很想讓他知道，
我也有一樣的感受。
只是他的感受，也會和我一樣嗎？
他所想念的人，又會是哪一個……

我開始討厭這樣不乾脆的自己。

4 月 20 日　星期日

最近愈來愈不想見人。
除了上班，都寧願躲在家裡，
留在床上。

不敢看手機，
怕自己又會追蹤他的最後在線時間，
又忍不住會追看他倆的臉書更新。
更不想再回看和他以前的訊息。
最近開始會責怪自己，
為什麼會讓事情發展得如此一塌糊塗。
如果當初沒有認識他，
如果之後沒有錯過他，
如果有好好向他說清楚，
如果我早點分辨清楚自己的感情……
如果沒有拖泥帶水，
如果沒有如果……
子杰總是說我應該要放下，
只是我實在不知道應該如何放下。
愈是勉強，愈感到壓力，
愈想忘記，就愈清楚記起。
當我內心已經是如此混亂不堪，
我又如何能讓人相信自己的心意，
有太多情緒感受，已經不能好好用文字語言來表達，
今天想到了一些自我安慰的理論，
明天又會有意料之外的矛盾來將自己推翻，
而自己卻不會去反抗，寧願屈服來換一刻的平靜，
好讓我可以繼續去戴著那個大家都會喜歡的笑臉，
繼續過那一個彷彿快樂成功的新生活，
而有多少委屈荒謬可笑卑微，
就只有我自己才會明白。
若將這些感受說出來，也只會被人取笑我強說愁吧，

因為我也曾這樣取笑看輕別人。
以前所種的因就有今天得到的果。
不想再想，不想再有新的刺激，
時間就不要再前進，空氣就不要再流動，
可以的話真想讓一切都保持原狀，
不會變好，不會變壞，
容我在永遠的時間裡尋找終於可以安眠的角落，
就只是一晚也好，一會兒都好。

5月2日　星期五

子杰說，我不可以再這樣下去。
是的，我知道也不可以再這樣下去，
不能夠再讓疼我的人有太多擔心……

是的，我應該要為他們而加油。

5月16日　星期五

有時灰到了盡頭，
人才會明白，有些努力是真的沒有意義。

5月25日　星期日

其實你已經是一個陌生人，
為什麼我卻會去記得太多。
其實你都不想再與我聯繫，
為什麼我仍念著你的號碼。
其實你可能不認得我臉容，
為什麼我還在搜索你身影。
其實你不可能會再想起我，
為什麼我又寫你再多一遍。

5月30日　星期五

不要再寫了。
這裡本來不是用來沉溺的地方。

就在今天讓回憶終止。

6月28日　星期六

如果說分手是苦痛的起點
那在終點之前我願意再愛一遍
想要對你說的不敢說的愛
會不會有人可以明白

我會發著呆然後忘記你　接著緊緊閉上眼
想著那一天會有人代替　讓我不再想念你
我會發著呆然後微微笑　接著緊緊閉上眼
又想了一遍你溫柔的臉　在我忘記之前

—— 周杰倫〈軌跡〉

7 月 14 日　星期一

說好要一起旅行
是你如今　唯一堅持的任性

—— 周杰倫〈蒲公英的約定〉

只是你已經忘了吧。

7 月 25 日　星期五

「你好嗎」
「最近有畫畫嗎？　=) 」
「很久沒見了」
「沒什麼，只是突然想起你」
「南丫島好玩嗎？　=) 」
「五月天就快有演唱會了，你買到票沒有？」
「今天天色很好，夕陽一定會很美」
「今晚的星星應該會有很多，記得要去看看啊　=) 」
「想你」
「沒什麼，其實只是想知道你是否安好　=) 」
「希望你今天仍是會依然快樂自在　=) 」
「希望你們都會一直幸福到老　=) 」
「對不起」
「我以後不會再打擾你了」
「我會學習放棄你」
「謝謝你曾經給我那些快樂的時光　=) 」
「謝謝你」
「晚安」
「再見」
「不要再見」

誰沒寫過，
刪了又寫、寫了又刪的短訊。

而最後，都不會按下發送。
最後，還是會讓自己更不開心而已。

8月3日　星期日

在毫無預兆之下，遇到阿風。

今天下午，我在尖沙咀一間咖啡店裡，
看著窗外發呆。
忽然他就坐在我的對座，只有他一個人。

「你好嗎？」
他笑得很燦爛。
我很久沒有見過他這樣的笑容。
「你呢？」我反問他。
「還可以。」他呼了一口氣，看見我喝的是黑咖啡，於是又說：
「不會胃痛嗎？」
「都與你無關呀。」
「是的，是與我無關。」

他苦笑一下，卻不離開，
就只是不作聲地坐著。
我留意到，他不時看著咖啡店的另一角落，
於是我也朝那個方向看去，
見到那裡坐著一個推著嬰兒車的婦人。
他問：「你認得她們嗎？」
「不就是你太太與孩子嗎？」
其實我的印象已經模糊。
他搖搖頭，苦笑說：「那個嬰兒不是我的孩子，她，」他又指指那個婦人：

「也不是我的太太。」
我呆了一下，問他：「那你跟她們……是什麼關係？」
「我也不知道。」他又苦笑。

然後他說，
那個婦人叫 Angela，原本是他以前一位同事 Chris 的女朋友。
我也見過 Chris，是外表有點傻的男人。
Chris 與 Angela 一直同居，但當發現她有了他的孩子，
就失蹤了不見人影，連家也不再回去。
Angela 找上公司，才發現 Chris 已經辭職。
阿風見她可憐，就幫她去尋找 Chris，
之後才發現他原來早有家室……

這不應該是我的故事才對嗎？

「為什麼那時你從不向我提起？」
我忍不住問。他不說話了。
「你這樣解釋，其實我也很難相信。雖然我也可以預料公式化的劇情發展：
你跟她相處多了，漸漸日久生情，你不忍心她一個女人又要帶著孩子，所
以就負起照顧她的責任，而她對你也有好感，只是又不知道是不是真的喜
歡你……」
他看著我呆了半晌，之後說：「你怎麼都知道？」
我苦笑了，卻說：「但不代表我會相信這種劇情呀。」
他重重嘆了一口氣，說：「你不相信也不要緊。」
「我只要你回答我，為什麼一直都不肯對我坦白。」
其實比起背叛、欺騙什麼的，我是更加介意，
為什麼一個在一起六年的初戀情人，
最後會用這種方式來離開我。
一直以來我為此而做過多少噩夢，
卻又不知道應該如何向人傾訴。
他又沉默了半晌，最後說：「習慣了逃避的人，會一逃再逃，漸漸就會連
開口面對的勇氣都一併失去。」
「那你是從什麼時候開始習慣去逃避呢？」
他看著我，緩緩說：「或許是從我開始意識到，我們之間漸漸沒有了愛情，
而只剩下習慣與默契的時候吧。」

我不知該如何追問下去。

「這陣子，和你分開了，我真的有鬆了一口氣的感覺。或許你會為此而感到氣憤吧，會想這賤男人，將我拋棄了竟然還會鬆一口氣？但是我真的有這種感覺，覺得自己有更多勇氣去做出決定，例如半年前，我辭職了。」

「你不是很喜歡建築設計這份工作嗎？」

那可是他以前的理想。

「理想是一回事，工作是另一回事，喜不喜歡，又是另一回事。」他看著我，又繼續說：「剛才，我們原本想來這間咖啡店坐坐，我見到你看著窗外的表情，好像很不開心，但你卻對我在你面前完全沒察覺……我不由得擔心起來，雖然知道你未必想見到我，但還是唐突地坐在你面前。我知道自己一直以來所做的有多麼的錯，只是我也希望，你可以找回你的快樂，去做你想做的、喜歡做的事情。」

我沒有答話，他又再補充一句：「對不起。」

「算了，其實也與你無關。」

雖然我還是不怎麼相信他的解釋，
只是不能否認的是，聽了他的話，
我反而找回了一點力量。

其實比起責怪他，
我心裡一直更擔心，會受到他的責怪。
因為一直以來，他都沒有試過為自己解釋，
如果他坦白地表達對我的不滿，
不論對或不對，
我也可以知道該怎麼反應、問題的真正所在；
只是他總是沉默，讓我偶爾會忍不住想，
是不是自己還有什麼地方做錯了，
是不是我原來也忽略了他的感受……
而隨著日子遠去，
我對他的恨，卻比不上我對那人的掛念，
讓我會更加自責，自己對這一段六年來的感情，
其實又有多認真？

但原來，我們只是都欠缺了勇氣。

他沒有勇氣開口，我也沒有勇氣接受或承認，
在他遠走之前，其實我們的愛情早已經壽終正寢。

8 月 20 日　星期三

「生日快樂。」

這是預先說給明年的你聽的。
雖然你是不可能會感應得到。

看著你的臉書，
你的朋友都紛紛為你送上生日祝福，
而你也會逐一按讚及回應。
詠思是第一個對你說的，在凌晨零點的時候，
而你也是立即就回覆道謝……

忽然想，如果我也留言給你說「生日快樂」，
你又會回應我嗎？
真有一剎那衝動，想留言給你。
只是又想到，如果你原來並不想理會我，
那我的私心，也只會對你造成困擾……

然後，我一直這樣胡思亂想，
一直繼續看著有哪些人跟你說生日快樂。
直到深夜，直到你生日終於過去，
你在臉書裡說，真的很感謝大家的祝福；
我看著你的臉書，依然不敢按讚，
只敢在心裡面再唸一遍，「生日快樂」。

8 月 23 日　星期六

新生活要好好地過。

9月8日　星期一

今天晚上，
終於還是忍不住，看回以前與他的簡訊。

//
我：喂～
四：唔？
我：如果有天
我：有人喜歡你
我：但你不喜歡她
四：等等！
四：他？
四：是男人嗎？？？？　＝口＝
我：～＿＿～
我：是女人，她
四：哦…………
我：如果有天有人喜歡你，但你不喜歡她
我：你會怎麼做？
四：疏遠她？不理會她？
我：如果你們本身很好友呢？
四：……你不會暗戀我吧？　XD
我：誰要暗戀你呢　＼口／
四：愈是否認，愈是肯定　XDDDD
我：你別痴心妄想　～＿～
//

如果當時我承認了……
就不會有現在笑著回味的我了……

是嗎？

9月9日　星期二

回味與你碰上再點起　初戀幻想
像是做夢又似真　只想能找到方向
感激尋回了　仍能情深愛上

　　── 鄭伊健〈仍能情深愛上〉

9月15日　星期一

一年了……

去年的這個晚上，
和你去過這間 KTV。

原本是想緬懷一下當時的感覺，
於是下班後我乘車前去旺角，
只是沒想到，當我去到 KTV 附近，
竟然見到阿四在店門外……

就只有他一個人。

他沒有走進店裡，也不像是剛剛離開。
我站在遠處偷偷看著，卻不禁靠近。
他逗留了一會後就走了，我悄悄跟著他，
看著他的背影，心裡有一股觸動。
忽然他提起腳步，奔跑起來，
然後搭上了一輛巴士。
我看著巴士關門，從我身旁駛過，
再漸離漸遠，
心裡有一道聲音清楚地響起……

他跟我一樣，沒有忘記。

9 月 21 日　　星期日

//
我：Hi
四：Hi
我：忙嗎？
四：沒，在上網
我：嗯
我：近來好嗎？
四：還是老樣子
四：你呢，聽說之前你換了工作
我：是啊
四：做得好嗎？
我：還好，只是有時較忙　=)
四：那不就跟以前一樣？
我：是呀，但總算是忙得開心　=)
四：那也好
我：你呢，還有畫畫嗎？
四：暫時沒有畫，可能明年有空時才畫
我：如果不畫，實在可惜呢
四：總會有再畫的一天
我：嗯　=)
四：嗯
我：會打擾到你嗎
四：不會，只是有點不習慣
我：不習慣？
四：嗯
我：那下次再聊　=)
四：好呀
我：晚安　=)
四：晚安
//

就快九個月了，
這是我們第一次的重新對話。
一直以為，他不會再理會我，
雖然只是冷冷的回答，
但至少，我知道他不會不回覆……

加油。　=)

9 月 26 日　星期五

//
我：在做什麼呢？　=)
四：沒啊，在畫畫
我：會打擾到你嗎　=)
四：不會
我：加油，你畫完會放在臉書嗎？
四：不一定
我：為什麼？
四：其實也是看情況，有些畫完覺得比較私人，就沒放
我：唔……就像私人珍藏？
四：高清無碼版
我：XDDDD
我：你怎會聯想到這些　XD
四：只是碰巧想起而已　=)
我：你終於笑了……
四：……很奇怪嗎？
我：不，只是有點懷念而已
四：……
四：其實為什麼突然又來短訊？
我：我也不知道為什麼
我：只是不想繼續看著屏幕閃亮
四：兩個人一起看
我：什麼都不談只敢打著官腔

四：你還是一樣無聊呢……
我：只是配合你吧　:p
四：唉
我：為什麼嘆氣？
四：我也不想再繼續看著屏幕閃亮
我：為什麼呢？
四：也許只是因為累了吧
我：那
我：早點睡吧
四：嗯
我：=)
//

加油。　=)

9 月 27 日　星期六

正渡過什麼的境況
乾脆些便一語道破
你或我還在熒幕前想天光

　—— 黎明〈眼神騙不過〉

10 月 2 日　星期四

他的臉書，又開始會貼插畫了。

在月光與太陽之下，
看著不同螢幕的兩個人……

10 月 7 日　　星期二

//
我：Hi　=)
四：=)
我：最近兩天都不見你呢
我：是不是去閉關了
四：沒有呀
四：只是工作比較忙
我：那我會打擾到你嗎？
四：不會
四：=)
我：總覺得，你是去閉關了
我：或者只是我遇不到你在線　=)
四：沒有呀
四：現在你也見到我在線了　=)
我：嗯
四：=)
//

只是之後，我們就再無話可說⋯⋯

10 月 8 日　　星期三

//
杰：你認真的，想跟他在一起嗎？
我：沒想得太遠
我：只是想跟他重修舊好
杰：⋯⋯
我：怎麼了？
杰：沒什麼
杰：只是覺得
杰：你又會不開心而已
我：我沒事的　=)

杰：你要知道，還有那個詠思呢
我：唔
//

是啊，那個詠思。
最近她不時都會在臉書分享他們的照片。
雖然多數就是只看到食物、電影票根，
但也總會 tag 上他的名字……

說沒有半點嫉妒，也是自欺欺人呢。

10 月 24 日　　星期五

//
我：明天有事做嗎？　=)
四：沒呀
我：想看電影嗎？
四：看哪齣電影？
我：《美國隊長》　=)
四：你還沒看嗎？
我：沒呀，你已經看了？　T__T
四：不，我還沒看
我：那我們一起去看吧　^__^
四：嗯，好呀
我：那，明天再跟你約時間地點　=)
四：嗯
//

加油。　=)

10 月 25 日　星期六

終於可以和他面對面再聚。
只是……
我們都寧願看著手機，
來掩飾，或逃避應對。

「對不起，會令你覺得悶嗎？」
「悶？」
他抬眼望我一下，然後又看回手機，說：「不悶呀。」

只是他的螢幕，顯示的是詠思的臉書……

我知道，
不會立即就可以變回從前的模樣。

但至少也要嘗試努力前行，
才會找到奇蹟的出現，是嗎？

10 月 26 日　星期日

//
我：昨晚你幾點回到家？　 =)
四：差不多十點，你呢？
我：我也差不多　 =)
四：嗯
我：謝謝你陪我看電影
四：謝謝你約我才對
我：嗯
我：我們都變得生疏了
我： =)
四：不是生疏了
四：只是，會有保留吧
我：是我不好

我：對不起
四：不用對不起
四：現在的問題，也不是你的問題
我：我不明白
//

之後他沒有再回應……
明明都可以再對話，為什麼還是無法讓對方清楚知道，
自己內心的真正想法？

11月2日　星期日

//
我：Hi　=)
四：晚安　=)
我：在做什麼呢？
四：在畫畫
我：這麼晚還畫畫
四：剛好有靈感嘛～
我：不要畫得太晚了
四：嗯
四：你呢，為何還不睡？
我：吃藥中　:p
四：為什麼吃藥？
我：有點感冒　–)
四：有看醫生嗎？
我：沒有，但小問題，多睡一點應該就會好　=)
四：那就快點睡嘛
四：還上臉書
我：是的是的　=)
四：好啦我也不畫了，你快點睡
我：你‧好‧囉‧唆！　:p
四：~__~
四：晚安
我：晚安　=)
//

這是近來最開心的一段對話呢。

11 月 5 日　星期三

只是在那之後，他又閉關了，
不知失蹤到哪裡去……

唉。

11 月 7 日　星期五

如果我的出現，會對你造成困擾，
那我會選擇離開，不會再主動打擾，
就等你需要我或想起我的時候，
才會在你的面前出現，給你最溫暖的笑臉，
為你解去你心裡面的憂愁，
也不希望這天你會因為我而有太多皺眉，
不要你為了要避開我，反而變得不快樂……
我會讓自己停留在這一個地方，
等你回頭想起，等你隨時可以回來找我，
即使你未必想再回來，即使你最後都不知道，
有一個人曾經為你有過這些心情……

如果你真的想要如此，我會成全這最後的義氣。

11月9日　星期日

他和詠思去了石澳。

半年前的春季，
曾經試過自己一個人，坐車去到石澳。
那時曾亂想，如果可以和他一起坐在沙灘上吹海風，
就好了。

但總是比不上她呢。
為何總是及不上她。

11月15日　星期六

//
我：在嗎？
四：在呀
我：明明不見你在線……
四：其實一直都在
四：只是沒登入 messenger
我：原來如此……
我：我以為你又閉關了　=)
四：沒有啦　=)
我：唔唔
我：記得今天是什麼日子嗎？
四：十一月十五日？
我：還有呢　=)
四：還沒發薪
我：…………
四：唉
我：算了
四：對不起
我：不關你事，不打擾你了
四：我記得今天是什麼日子

我：你真的記得嗎？
四：記得
四：但我記得，又真的好嗎？
我：沒什麼好或不好
我：只要我們還記得，就已經足夠　=)
四：嗯　=)
//

11 月 16 日　星期日

只要我還敢去想像，
就會還有希望，是嗎？

他並不是真的完全忘記了我們的事情。

只是我們再找不回以前有過的節奏而已。

11 月 23 日　星期日

只是他的身邊還有其他更親近的人而已。

11 月 25 日　　星期二

「天氣突然轉冷了，記得多穿一點衣服啊。」

我在訊息欄裡輸入了這一句話，準備按下發送。
只是當我看見，她在你的臉書裡留言說：
「天氣冷了，小心不要著涼」，
然後又看見你的微笑回應；
我只好讓自己苦笑一下，
將原本寫下的訊息，都統統刪除……

如果你快樂安好，就已經足夠。

11 月 28 日　　星期五

//
我：還不睡？
四：睡不著
我：我也是　T__T
四：已經一點了
四：為什麼睡不著？
我：不知道，只是在聽歌，愈聽愈睡不著
四：在聽什麼呢？
我：〈夜曲〉
四：又是周杰倫
我：被人傳染了嘛　=)
四：我最近都很少聽他的歌了
四：他也愈來愈少新作品
我：都結婚了，自然沒有時間　=)
四：或許吧
我：你呢？

四：我？
我：你幾時又會有新作品？我一直在等你的臉書有更新　=)
四：最近變得不太想用臉書
我：為什麼呢？
四：只是不想自己胡思亂想太多
我：唔
四：其實……
我：是？
四：為什麼你會回頭找我呢？
我：你之前不是問過了嗎？
四：但之前你也沒有答案
我：那你呢，為什麼你又願意回覆我？
四：我也不知道原因
我：　=)
四：最近和子杰好嗎？
我：為什麼這樣問？
四：因為在你臉書經常見到你們的合照
我：唔唔
我：我和他就只是朋友
四：是嗎？
我：是
四：就像我們一樣嗎？
我：……
我：竟然不知道應該怎樣回答　T＿T
四：沒關係，不用勉強
四：可能我也不想知道真正的答案　=)
我：唉
我：那你呢，你跟詠思好嗎？
四：還是跟之前一樣
我：我看你們也去了南丫島呢
四：是啊
四：唉
我：換你被我傳染了唉聲嘆氣　:p

四：這就是我們如今的默契呢
我：那至少，還有默契
四：嗯
我：好啦，快點睡吧，快兩點了
四：你呢？
我：我也要睡了
四：不會之後又在線嗎？
我：不會　=)
我：但如果你想找我聊，我會立即回你　=)
四：對不起……
我：為什麼對不起？
四：沒有，只是我自己想得太多　=)
我：傻瓜　=)
我：晚安　=)
四：晚安　=)
我：～
四：～
//

11 月 29 日　星期六

//
我：～
四：～
//

這是一個只有我們才明白的暗號。
即使從來沒有人說明，也沒有人認可，
但我知道，這就是我們的默契，
也是我們可以回到以前的一種印記。

謝謝你。
從來沒有像如今這麼覺得，
可以和你如此靠近。

12 月 8 日　星期一

//
杰：你生日快到了呢
我：是呀　=)
杰：想怎樣慶祝？
我：沒想過呢，其實不慶祝也可以
杰：不如約大家來我家的會所租一間房，搞生日 party 吧
杰：而且又有自助餐，又有 KTV
我：唔⋯⋯會很貴嗎？
杰：我是住戶嘛，不會太貴
杰：好不好？
我：嗯，謝謝你
杰：那我負責叫人了
我：你會叫誰呢？
杰：小華、阿智、Iris、陳開心、David 他們？
我：嗯，那我也叫阿四
杰：⋯⋯
我：怎麼了？
杰：沒，你叫吧
杰：我在臉書問問大家
我：謝謝你　=)
//

12 月 10 日　　星期三

//
我：記得下星期有什麼重要日子嗎？　=)
四：你未免太小看我了　~____~
我：記得嗎？　:p
四：是你的生日嘛
我：真好，你還記得　=)
四：大家都在臉書裡說為你辦生日 party，又怎能不記得呢
我：原來是這樣　=____=
我：那你會來嗎，生日 party

四：我再想想　=)
我：來吧　\ ___ /
四：我再想想　:p
//

12 月 12 日　　星期五

他一直沒有答應我，
下星期會不會來。
終於等到他在線，我立即問他。

//
我：你來不來啊　\ __ /
四：你想呢？　=)
我：當然想　-_-
四：好吧，謝謝你的邀請
我：賞臉賞臉
四：承讓承讓
我：欽敬欽敬
四：…………無聊無聊
我：XDDDD
我：不用買禮物送我啊，你來了就好　=)
四：算啦都已經買了
我：真的嗎？謝謝你，期待期待　=)
四：………………找死找死　=_____=
我：XDDDDDDDD
//

可以見到他了。
自從上次看電影之後，
已經有一個半月沒有見過他。

期待那天的到來。　　=)

12 月 16 日　星期二

生日。
終於見到他。
卻聽不見他的「生日快樂」。

然後子杰在生日會裡，
送了一對小王子耳環給我，
並在大家的面前為我戴上……

就像去年阿四所送我的、所為我做的，
一模一樣。

之後阿四就在會所裡消失了。
我四處找尋，都找不到他。
打電話給他，他也沒有接聽。

我將子杰的那對耳環摘下，
忍不住流下淚來。

為什麼又是小王子。

我漸漸變得討厭小王子。

12 月 17 日　星期三

//
我：為什麼昨天你突然走了？
四：只是突然有點要事，抱歉
四：後來大家玩得開心嗎？
我：……
我：還好
四：那就好
我：但我還沒聽見你的生日快樂
四：生日快樂
我：……
我：謝謝
四：不客氣
我：我可以打電話給你嗎？
//

然後，他又離線了。

為什麼，每次都是只差一點，
就會有意料之外的事情，
讓我們不能再往前一步。
就像命運作弄，永遠都不會得到祝福一樣。

又或者，是我不值得他對我有更多認真？

12月18日　星期四

你不問，我不解，
有些誤解與敵意，
就是這樣開始悄悄萌芽。
即使我們曾以為，
會一同去改變這世界；
但想不到的是，在改變世界之前，
被改變的反而是我們，
你有多少委屈，我不會再去過問，
我有多少鬱結，你也不會再去了解。
我們之間有過的默契與信任，
早在太多的流言蜚語間消磨殆盡，
只剩下不變的成見與疙瘩，
提醒我們不要再為對方浪費更多心機。
你真的變了嗎，我真的不在乎嗎？
我不問，你不解，
別再執著了吧，一起放棄好嗎？
在夢裡你對我說，這是我們最後的默契，
我不想相信，但還是叫自己學習適應了。
但如果你還會對我有半點在乎，
請聽我再說最後一次……
我們之間最大的問題不是沉默，
而是不知道從什麼時候開始，
我們竟然再提不起勇氣去重新相信彼此。

12 月 21 日　星期日

//
杰：喜歡那份生日禮物嗎？
我：謝謝你的禮物
杰：不用謝，希望你會喜歡
我：嗯
杰：怎麼了？
我：杰
杰：唔？
我：謝謝你一直陪著我
杰：為什麼突然謝我啦
我：因為你陪我走過人生最灰暗的時候
杰：傻瓜
我：但我不想再這樣傻下去了
杰：我不明白你的意思
我：其實
我：你是不是喜歡我？
杰：……
杰：為什麼突然這麼問？
我：因為我想弄清楚
我：我不想自己的無心忽略，破壞了我們之間的友誼
杰：……
杰：但你這樣子，其實是用另一種方式婉轉地拒絕我呢
我：對不起
杰：因為阿四？
我：也不完全是
我：其實我知道你一直都對我很好
杰：但偏偏還是取代不了他在你心裡的位置
我：你別這樣說
我：沒有誰取代不了誰
我：我想，每個人都有他的一個專屬位置
杰：我的專屬位置，就是只能當朋友？
我：好朋友　=)
杰：那他呢？

杰：他比我晚出現，又不理你，而且還在和前女友曖昧

杰：為什麼他可以得到我得不到的位置？

杰：我跟他就有什麼不同嗎？

杰：我所做的一切，最後就是徒勞無功嗎？

我：……

我：杰，你別這樣

我：我永遠都會記得，你陪我去跟蹤阿風時的義氣　=)

杰：……

我：但你知道嗎

我：那一對小王子耳環

我：之前阿四與阿風都曾經送過給我

我：所以，我不能再收你的這一對耳環

我：希望你能體諒

杰：其實我知道阿四送過給你

我：你知道？

杰：去年你生日後，他有跟我提過

我：原來如此……

杰：我一直以為，自己可以取代他的位置

杰：但原來只是自己痴心妄想

我：……

我：找天我們約出來，將耳環還給你，好嗎？

我：你幾時有空？　=)

杰：24 ？

我：25 可以嗎？

杰：……

杰：好

我：謝謝你　=)

杰：不説了，沒心情

我：嗯

//

謝謝你。

對不起。

12月22日　星期三

詠思的臉書裡，這樣說：

//
「我喜歡你。」
「你喜歡我嗎？」

「我也喜歡你。」

如果喜歡的人也喜歡自己，應該是最幸福的一件事情吧。

只是喜歡，也有分好多種。
有些人永遠只會是朋友，
有些人可能就只會在某段時期內，才會互相喜歡。
而喜歡，並不一定就真的能在一起，
有些喜歡原來不等於需要或擁有；
有時向對方說喜歡，其實只是用來代替道別，
說了之後，就要讓自己重新再開始……

但還是謝謝你，曾經喜歡過我。
//

看著這一段，不知為什麼，
眼淚不自禁地流了下來。

她喜歡他，他喜歡她，
只是她的喜歡，未必就等於他的喜歡。
而她是早知道這結果，
但還是去問那一個答案……

或者只是我自己想得太多。

但心坎裡的感動，卻久久都未能平息。

12 月 23 日　星期二

//

四：在嗎？

我：一直都在

四：一直都在幹嘛？

我：等著某人來問我在嗎

四：那麼等到了嗎？

我：還好，終於等到了

四：對不起

我：為什麼對不起呢？

四：一直都沒有找你

我：你現在有來找我，就可以了

四：嗯

四：想問你，平安夜，你有空嗎？

我：……有空，你想約我？

四：去年的交換禮物，我想再送給你

我：那生日禮物呢？

四：哈哈，明年再送吧

我：明年？小器！　\＿/

四：我今年也沒有收到你的生日禮物呀

我：小器小器小器小器小器小器呀　\口/

四：如果明年可以，再補送給你吧

四：但我想先將去年的聖誕禮物，送回給你　=)

我：好啊，我也可以將去年你的聖誕禮物，補送給你

四：你還保留著嗎？

我：一直都保留著　=)

四：為什麼呢？

我：不知道呢……

四：=)

我：=)

四：聖誕節你會去哪裡玩？

我：沒要去哪裡，25 日那天約了子杰

四：……………

我：哈哈，我約他，就只是想還他一些東西啊，不是約會
四：我什麼都沒有說啊
我：從螢幕都可以感受到你的醋意　XD
四：\ ＿＿＿ /
我：XDDDDDDDD
四：唉
我：嗯？
四：沒
我：古怪
四：:p
我：好了，要睡啦，不聊了
四：嗯，明天見
我：晚安　=)
四：晚安
//

他的「晚安」之後，沒有「=)」這個符號。
我可以想像成，他還是對我沒有太大信心嗎？
也許是這樣的。
但至少現在，我終於可以知道他多一點想法。
只是不知道，他會送什麼聖誕禮物給我呢？

我看著放在書桌上的一張 CD，
他去年的聖誕禮物——《後青春期的詩》。

CD 裡的第一首歌，是他很喜歡的一首歌。

一首每次聽到，都會讓我微笑及嘆息的歌。

關 於 她 和 他 的 另 一 些 故 事

http://_ _ _memories.blogspot.com

在 我 們

忘 記 之 前

book of Her Story │ 阮珮琪

MIDDLE 作品 03

在我們忘記之前 / middle著. -- 初版. --
臺北市: 春天出版國際, 2016.07
　　面;　公分. -- (Middle作品; 3)
ISBN 978-986-5607-49-4(平裝)

857.7　　　　　　　105010818

版權所有·翻印必究
本書如有缺頁破損，敬請寄回更換，謝謝。
ISBN 978-986-5607-49-4
Printed in Taiwan

本書由香港格子盒作室gezi workstation授權出版

·本故事純屬虛構·

作　　　者		middle
總　編　輯		莊宜勳
主　　編		鍾靈
協　　力		阿丁@ 格子盒作室（香港）
封 面 設 計		莊謹銘
排　　版		三石設計
出　版　者		春天出版國際文化有限公司
地　　址		台北市信義路四段458號3樓
電　　話		02-7718-0898
傳　　眞		02-7718-2388
E — m a i l		story@bookspring.com.tw
網　　址		http://www.bookspring.com.tw
部　落　格		http://blog.pixnet.net/bookspring
郵 政 帳 號		19705538
戶　　名		春天出版國際文化有限公司
法 律 顧 問		蕭顯忠律師事務所
出 版 日 期		二〇一六年七月初版
		二〇一七年二月初版二十九刷
總　經　銷		楨德圖書事業有限公司
地　　址		新北市新店區寶興路45巷6弄6號5樓
電　　話		02-8919-3186
傳　　眞		02-8914-5524